FAON

Romans
Terre Zéro (House Made of Dawn, 2014)
Le roi de la colline (Otherlands, 2015)
Les dieux sans visage (RroyzZ éditions, 2015)
Aniki (RroyzZ éditions, 2016)

Novella
Et la mort perdra tout empire (House Made of Dawn, 2015)

Jean Bury

Faon

Roman court

Mots & Légendes

ISBN : 978-2-37227-036-6
Parution septembre 2016
Texte © Jean Bury, 2016.
Couverture © Gwenran, 2016 : www.bonomo-gwenran.com.
Éditeur © Mots & Légendes, 2016.
Site : motsetlegendes.com Adresse : Ludovic Païni – Kaffin les Brutineaux
38970 La Salette Fallavaux.

Printed by CreateSpace, An Amazon.com Company

Pour Pierre.

Je tiens à remercier Matthieu, père des singes sous-marins, Gwenran, Loïc et bien sûr Ludovic.

1

La pluie tournait à l'ouragan. À chaque rafale elle paraissait plus surnaturelle.

Un éclair blanc déchira un ciel d'anthracite phosphorescent – une seconde, la canopée se découpa dans un liseré irréel et le lieutenant aperçut des tourbillons d'oiseaux noirs s'enroulant en vortex au-dessus du lac, très loin, au fond. Un immense grondement de tonnerre percuta l'atmosphère, roula jusqu'à lui et fit vibrer sa cage thoracique. L'obscurité retomba aussitôt : il faisait nuit, une nuit que pas une étoile n'éclairait sous un ciel bas de nuages instables, nerveux, brutaux, qui semblaient s'éperonner comme des coques de guerre à l'abordage. Et la pluie s'abattait de plus en plus opaque, serrée partout autour de lui comme une seconde pénombre, vivante et crépitante, assourdissante sur le capot de la voiture et la route qui traversait la forêt en ligne droite. Les phares ne perçaient plus rien et l'officier dut se résoudre à ralentir – il ne pouvait pas se permettre d'avoir un accident. On lui avait confié la mission la plus secrète, la plus importante (*la plus démente aussi*) depuis le début de cette guerre insane. L'État-major avait mis des mois à accepter cette solution de désespoir, mais maintenant que la décision était prise, il n'était plus question de perdre une minute. Au moins le chemin était-il encore dégagé. Cela dit, à la vitesse à laquelle l'ouragan forcissait, il serait bientôt barré de branches brisées et de troncs.

Ce qui taraudait le soldat, c'est qu'il ignorait si la tornade était naturelle ou pas. Ça ressemblait à l'Apocalypse, toute cette fureur autour de lui – mais une tempête de fin du monde comme celle-ci, c'était possible, après tout. Peu probable, mais possible. Et il fallait prier pour que ce déchaînement fantastique soit naturel. Car si c'était *elle* qui le déclenchait, si ce déluge qui avait éclaté au moment de son départ et qui s'intensifiait depuis sur sa route venait d'*elle*, ça signifiait qu'*elle* suspectait quelque chose et qu'*elle* tentait par tous les moyens de l'arrêter.

L'officier chassa l'idée d'un geste nerveux du menton. Il ne pouvait pas se permettre de penser ainsi. S'il laissait la peur brute au fond de son estomac le convaincre qu'il était traqué, il finirait rapidement par céder à l'hystérie. Une seconde, il se demanda si l'on pouvait vraiment mourir de peur. Comme ça, sans coup, sans blessure, sans choc, mourir de terreur pure. Non, non, il devait absolument se raisonner. La tempête avait quelque chose de fantastique et de malsain – mais c'était une tempête, rien de plus.

Elle s'intensifiait progressivement. Toujours plus noire, toujours plus assourdissante – les ténèbres craquelées de lueurs aveuglantes vibraient de tonnerre continuellement. Le jeune homme essaya de prononcer son nom à haute voix, mais les syllabes furent avalées par le fracas permanent du tumulte.

Et soudain, il sut que c'était *elle*.

La voiture ne roulait plus sur du béton lisse. Une boue lourde et visqueuse semblait accrocher les roues et chaque tour de moteur devait arracher les pneus à une mélasse molle. Quelque chose embourbait la jeep là où rien ne pouvait l'embourber.

L'officier accéléra. Malgré l'obscurité, l'épaisseur de la pluie qui neutralisait les phares, les rafales, les flancs du véhicule battus par le ressac de la tempête, il prit de la vitesse. C'était le seul moyen de s'extirper des ornières. Il redoubla d'attention. Pour contrer tout risque d'accident et pour oublier la peur.

Un nouvel éclair électrifia la forêt dans un feulement. De nouveau, pendant une fraction de seconde, le lieutenant vit s'imprimer au-dessus de la crête des arbres un instantané du ciel ravagé par l'ouragan – presque en noir et blanc. Le tourbillon d'oiseaux piaillant, au loin, avait disparu. L'horizon était vide. Toute la poitrine soudain serrée par un étau, l'officier eut l'intuition que la tempête n'expliquait pas la fuite des oiselets et des rapaces. Il y avait autre chose, là dehors. Quelque chose qui les avait effrayés.

Quelque chose qui avait fait peur aux aigles et aux faucons.

Il pila brutalement. Dans un rugissement rauque, roues contrebraquées à fond, la voiture chassa sur le macadam bourbeux et commença à glisser vers le bas-côté. L'homme n'attendit pas la fin du dérapage. Il ouvrit la portière et lutta pour s'extraire. Les rafales le repoussèrent violemment à l'intérieur. Le moteur mêlait ses râles au tumulte du déluge. L'officier prit appui sur le fer des fauteuils alors que la jeep inclinée était sur le point de s'effondrer dans le fossé. Il s'arcbouta, jaillit, se propulsa dans les bourrasques, se ramassa sur le sol en roulé-boulé. Le véhicule, moteur rugissant, dégringola dans la boue qui bordait le macadam avec une violence folle, absurde, comme si quelque chose de conscient l'attirait dans la douve pour l'y noyer.

Le béton était solide. Est-ce qu'il avait effectivement fondu sous les roues avant de se recomposer ? Est-ce que l'attaque avait été psychique et non physique, le jeune officier assailli dans ses peurs et non dans son corps ? En tout cas, sous ses semelles et sa paume, la route était de nouveau lisse et dure.

Un hurlement perçant déchira le fracas de la tempête. Au-dessus de lui et pas très loin. Quelque chose d'hiératique et de puissant, comme un cri de chasse cuivré de grand aigle marin. L'officier se releva vivement, traversa la chaussée en deux bonds et se jeta dans le fossé d'en face. Il fut aussitôt aspiré jusqu'à la taille. Au lieu de lutter, il se laissa avaler, se tassa de son mieux, essaya de s'enfoncer plus profond encore. La pluie ne le délavait pas, elle l'imbibait de boue molle et de tourbe mêlée d'herbe macérée et de gravillons. En deux secondes, il ne fut plus qu'un bloc brun indiscernable dans la tranchée, sans forme, sans contour, sans odeur propre, incrusté dans la terre, incorporé à la glaise, invisible même quand un nouvel éclair fracassait la nuit.

Le cri perçant déchira encore la tempête. Plus près, plus aigu, rocailleux. L'officier sédimenté dans sa fosse ne pouvait pas lever la tête – son regard, au ras de la route, ne distinguait que la surface bétonnée et l'arrière de la jeep embourbée, de l'autre côté. Les éclairs étaient trop brefs, aveuglants : on croyait apercevoir un contour et c'était l'obscurité de nouveau, un noir qui mouvait et s'agitait mais restait impénétrable. Le soldat ne vit rien. *Il entendit*. Un immense froissement, comme une voile de goélette qui claque, mal bordée sous les rafales. Le sifflement de quelque chose qui s'abat lourdement sur la jeep, le cri d'une créature qui fouaille le métal, le tord et l'éventre. Le moteur qui accélère hystériquement, comme une proie paniquée dans les serres d'un rapace, avant de cracher et de se taire. Un étau sauvage qui broie la tôle, lacère, tranche, découpe. Le véhicule éclatait sous l'assaut de l'animal comme s'il était comprimé, démantibulé, disloqué par des machines industrielles folles.

L'officier écoutait en silence, sans bouger. L'attaque aveugle de la créature prouvait deux choses : la tempête n'était pas naturelle et il était bien suivi à la trace. Mais l'acharnement sur une jeep dont il s'était pourtant échappé montrait qu'*elle* ne voyait pas tout, qu'*elle* ne savait pas tout. Il avait encore une chance d'aller jusqu'au bout.

Il n'attendit pas plus longtemps. Au milieu du fracas métallique et du vacarme de l'ouragan, il pouvait bouger sans se faire entendre. Il s'allongea dans la boue de la tranchée, noir de terre, fouetté par des embruns cinglants, la bouche et les narines cherchant constamment à recracher les shrapnels de vase brune que les rafales plaquaient sur lui. Il se mit à ramper vers le Sarcophage. Dès qu'il serait assez éloigné de la créature, il essaierait de se relever et de courir jusqu'au complexe. Mais pour l'instant, l'indispensable était d'échapper à la surveillance. Chaque minute perdue était une catastrophe, mais moins que d'être rattrapé et tué.

Il avait pour mission de ramener la Bête à n'importe quel prix. C'était la dernière arme des hommes. Leur ultime espoir de survie. Il ne pouvait pas se permettre d'échouer.

L'officier était encore jeune, en bonne forme physique. Ramper, remonter la forêt dans un torrent de boue, échapper à la monstruosité qui le traquait, trouver l'occasion de reprendre pied sur le béton et courir sous le déluge les dix derniers kilomètres – rien de tout cela ne l'avait éprouvé. Il conservait son souffle, le froid glacé de son treillis lacéré par la pluie ne lui pesait pas. Il se sentait capable de continuer des heures.

Mais quand il vit la silhouette massive du Sarcophage au bout du chemin forestier, quelque chose se délia en lui. Il comprit que l'angoisse le tendait à rompre depuis qu'on lui avait confié cette mission. Une terreur qui bétonnait ses nerfs et lui écrasait l'estomac. La peur d'échouer. La peur de mourir. La peur que tout le monde meure. Seulement le bâtiment se découpait enfin sur l'aube et il avait l'impression de respirer de nouveau. Il avait rejoint son objectif.

À sa grande surprise, il était attendu. Il était méconnaissable dans sa carapace de boue, mais quand il acheva sa course devant l'immense porte de métal aux boulons gros comme des poings, il n'eut même pas besoin d'ouvrir la bouche. L'un des deux gardes avait décroché le téléphone intérieur et appelait déjà le poste de contrôle.

— Le lieutenant est arrivé, mon commandant… Oui… Reçu, mon commandant, on vous l'amène tout de suite.

L'homme raccrocha. Les deux soldats saluèrent.

— J'ai ordre de vous conduire immédiatement au chef de poste, mon lieutenant.

— Je vous suis.

Le caporal tapa un code sur le clavier numérique pendant que son camarade reprenait sa posture défensive. Il y eut un grincement de paquebot éventré et la lourde porte métallique se souleva. Cuivrée par le soleil levant que filtraient les derniers rideaux de pluie, elle avait un aspect brun, rugueux et brillant de rouille enflammée. Elle ne monta que de quatre-vingts centimètres, juste assez pour laisser les deux hommes courbés se faufiler, et elle retomba derrière eux avec fracas.

— Il n'y a pas d'ascenseur, mon lieutenant, rien de mécanique ou d'électrique. Uniquement des escaliers.

L'officier approuva de la tête et suivit le jeune garde au milieu d'une pénombre vaguement éclairée par des lampes militaires. On n'avait même pas tenté de donner une apparence d'aménagement au bâtiment. Tout n'était que fer et béton bruts. Rien aux murs que des extincteurs, des plans fléchés et des téléphones internes. Ils ne croisaient personne.

— Vous manquez de personnel ? demanda Lucas.

— On n'est plus que huit, mon lieutenant. En comptant le commandant et le cuistot.

Ils continuèrent un instant en silence.

— Ça ne sert à rien, hein, mon lieutenant ?

— Qu'est-ce qui ne sert à rien ?

— De dégarnir toutes les unités, toutes les casernes, tous les postes pour envoyer le maximum de troupes sur les lignes de front ?

L'officier n'hésita pas : il était de ces chefs qui refusent de doper le moral des hommes par le mensonge.

— Non. Ça ne sert à rien. Nous nous épuisons à lutter contre des chimères. Nous mourons pour combattre des illusions. Des distorsions de la réalité. Aussitôt qu'on les a détruites, d'autres sont créées. Ça ne lui coûte rien, à *elle*. Nous, ça nous prend tout.

— Et… Quand on n'aura plus rien ?

— On n'a déjà plus rien, caporal.

Ils avaient atteint un escalier métallique qui plongeait, raide, vers un gouffre que rien n'éclairait. Les ampoules grillagées, sur le mur de béton, ne diffusaient que des lueurs fragiles à leur droite. C'était le vide à gauche. Sans dévaler, ils avalaient les marches trois par trois. Vite mais sans fébrilité, c'était devenu l'équilibre permanent des combattants. Deux choses tuaient désormais : la lenteur et la panique. Il fallait apprendre à être rapide en se ménageant assez pour durer dans une guerre continue, interminable. Les vétérans avaient fini par trouver le rythme. Le caporal était jeune, mais il se débrouillait. Il avait dû voir le feu. Ils avaient tous vu le feu.

— Et c'est pour ça que vous êtes là, mon lieutenant ? Parce qu'on n'a plus rien ?

— Oui.

— Vous pensez que la Bête peut nous sauver ?

— Je ne pense rien, caporal. Je suis comme vous : j'obéis aux ordres.

— Mais vous avez bien une idée, mon lieutenant ?

— Aucune. On ne m'a pas consulté avant de prendre cette décision, figurez-vous. Peut-être qu'elle peut nous sauver. Peut-être qu'elle sera démembrée, comme tout le monde. Peut-être qu'elle prendra parti contre nous et qu'elle contribuera à accélérer notre fin. Je n'en sais rien.

Ils descendaient toujours. Le Sarcophage semblait sans fin. Pas étonnant, si l'on songeait à la puissance enfermée là-dedans. Pour espérer neutraliser la Bête, il avait fallu l'enfouir et la bétonner.

— Et pourquoi ils vous ont choisi pour cette mission, mon lieutenant ?

Cette fois, l'officier faillit rappeler son subordonné à un peu plus de distance hiérarchique. Mais il n'en avait pas vraiment envie. Il ne restait plus, épars dans le monde ravagé, que des lambeaux d'armées sans effectifs, sans moyens, sans lignes de ravitaillement, tâchant d'endiguer la progression de la grande lèpre irréelle qui absorbait et digérait peu à peu toutes les agglomérations – les mégalopoles, les villages, les fermes, tout ce qui abritait ou avait un jour abrité une vie consciente. Continuer à se battre, oui, qu'est-ce qu'ils pouvaient faire d'autre ? Mais ça ne servait plus à rien de claquer les talons.

— Parce que dans le civil, avant la guerre, j'étais psychologue spécialisé. Je m'occupais... disons, de cas graves.

Le visage tendu et fatigué du caporal semblait incapable de s'éclairer. Pourtant, le jeune homme éclata de rire. Ça ne dura qu'un instant, mais l'écho retentit dans le gouffre noir comme s'il dégringolait un puits vers le néant.

— Pardon, mon lieutenant, j'ai pas pu m'en empêcher. C'est seulement que... ça n'a pas de sens. On ne garde pas des paranoïaques légers ou des adolescents à problèmes, ici. On garde un démon.

— Je sais. C'est comme plonger quelqu'un dans une fosse à requins en pensant qu'il s'en sortira parce qu'il pêche à la ligne.

La remarque n'amusa pas le caporal. Il était redevenu grave.

— Ça veut dire que vous ignorez comment la maîtriser.

Ce n'était pas une question, juste une constatation. Une constatation qui avait quelque chose de noir et de définitif. L'officier ne répondit rien.

Du reste, ils avaient atteint le dernier sous-sol. Un peu mieux éclairé, un couloir en voûte bombée blanchi par les néons s'ouvrait à leur droite. Au loin, tout au fond, le lieutenant distinguait deux silhouettes qui attendaient devant une immense porte d'acier. C'était le cœur du complexe. Le noyau, le Saint des Saints, la pièce hermétique et blindée pour laquelle le colossal centre souterrain avait été creusé et bâti. Le compartiment interdit que les hommes surnommaient le Frigo, non sans une espèce de répulsion superstitieuse ou de peur, dont la dénomination officielle était FA/M-02 et que l'officier, qui ne goûtait pas la poésie administrative, appelait le Sarcophage.

C'était pourtant pour neutraliser bien autre chose qu'un réacteur en fusion qu'on avait conçu le bâtiment.

C'est le commandant, flanqué d'un autre garde, qui les attendait devant la porte du Frigo. Le lieutenant et son guide rectifièrent la position.

— Lieutenant Lucas, à vos ordres, mon commandant.

Son supérieur lui tendit une main ferme. Il était grand, carré, paraissait de roc, même s'il souffrait visiblement d'épuisement.

— Bienvenue, Lucas. Je suis désolé que vous n'ayez pas le temps de vous restaurer et de vous doucher, mais les ordres sont stricts : ne pas perdre une seconde.

— Ce sont les seuls ordres raisonnables, mon commandant.

— Je suppose que oui, en effet. Alors, allons-y. Nous n'attendions plus que vous pour voir si cette porte n'est pas trop rouillée. Elle n'a plus été ouverte depuis cinq ans.

Le commandant n'avait pas vraiment attendu. La plupart des protocoles de sécurité étaient déjà désactivés, la longue série des manœuvres de contrôle et de déverrouillage des protections était menée à terme. Pour ouvrir le cœur du Sarcophage, il ne restait plus qu'à actionner le levier hydraulique, à gauche de la porte circulaire. Lourd, mal lubrifié ou rouillé, il bougeait peu. Le guide du lieutenant dut aider son camarade et peser de toutes ses forces pour l'abaisser jusqu'au butoir rouge.

Dans un titanesque déchirement d'acier, les immenses entretoises de verrouillage se rétractèrent. L'étanchéité magnétique céda dans un bruit de soufflet et un froid glacial jaillit par les fentes. Le noyau du Sarcophage était bien un frigo, après tout.

Le commandant s'arc-bouta sur la porte et la fit pivoter. Le grincement avait quelque chose de lourd et de douloureux, comme un râle d'agonisant. Laissant les gardes à l'extérieur, les deux officiers s'engagèrent dans le couloir – un mince tunnel de plaques cuivrées cerclées de fer. Lucas s'efforça de ne pas sursauter quand le ventail du Frigo se referma derrière eux. Il s'y attendait : personne n'avait la moindre idée de ce qui allait se passer. Tant qu'ils n'étaient pas sûrs de la réaction de la Bête, ils ne pouvaient se permettre aucun risque. N'empêche, ils étaient maintenant enfermés tous les deux dans le coffre du monstre et il aurait fallu être soi-même inhumain pour ne pas être gagné par la peur.

Le couloir n'était pas long, à son tour bloqué par une porte d'acier d'une épaisseur de muraille Vauban : pas de levier, cette fois, mais une roue qui évoquait la cloison étanche de sous-marin. Le commandant la manœuvra. Lucas se sentait soudain fatigué, gelé dans des vêtements encore trempés et raidis de boue, affamé. Il dut maîtriser ses tremblements.

Les lampes s'allumèrent dans la pièce ronde dans laquelle ils venaient d'entrer. La première lumière vraiment vive que le jeune officier voyait depuis son arrivée dans le Sarcophage. Des projecteurs puissants, disposés en cercle, convergeaient en leur centre sur une capsule oblongue qui évoquait un cercueil d'obsidienne ou un caisson de décompression futuriste. Noir, sans hublot, effilé et lisse, l'objet était frappé en rouge sombre des lettres AXE. Du support de béton sur lequel il était boulonné sortaient des entrelacs de conduits métalliques, de tuyauteries, de câbles, de gaines électriques, d'aboutements de fer et de cuivre : ils raccordaient la capsule, tout autour de la pièce circulaire, à des machines cliquetantes et bourdonnantes, si diverses et contrastées qu'elles avaient l'air d'avoir été jetées là en vrac, comme pour s'en débarrasser.

— Ici, on appelle ça le Catafalque, lieutenant. C'est la chambre d'hibernation de cette... *chose* dont nous sommes les gardiens. Vous êtes prêt à l'éveiller ?

— Que je sois prêt ou non n'a pas trop d'importance.

— Non, en effet. Nous obéissons aux ordres.

Le commandant s'approcha d'un pupitre. Vu l'ambiance, on aurait attendu une manipulation spectaculaire ou solennelle. Mais il se contenta d'appuyer sur un petit bouton gris.

Dans un feulement sourd, la coque supérieure du Catafalque s'arracha à la partie inférieure, hissée par des vérins hydrauliques. Un filet glacial sembla jaillir de l'ouverture, horizontal et fin comme une lame. Dans le Frigo, il ne faisait jamais si froid que la température ne puisse chuter encore – Lucas en eut presque le souffle coupé. Mais il savait que ce nouveau couperet polaire n'était pas la seule raison pour laquelle tout se gelait à l'intérieur de lui.

Ils réveillaient la Bête.

Le couvercle se fendit en deux. Les deux demi-coques s'abaissèrent mécaniquement de part et d'autre du caisson et tout s'immobilisa dans un silence si brutal qu'il fallut quelques secondes aux deux soldats pour entendre qu'un indistinct ronronnement de disques durs et de générateurs vibrait toujours autour d'eux.

Le chef de poste mit la main sur la crosse de son pistolet et fit un pas vers le Catafalque. Lucas l'arrêta d'un geste.

— Non, mon commandant. Pas de mouvement menaçant. Et laissez-moi approcher seul.

L'homme obéit sans protester. C'était lui le supérieur hiérarchique, mais le lieutenant était responsable de la mission : il primait. Lucas avança vers la prison de congélation qui palpitait maintenant d'une lueur bleuâtre, presque douce. Autour de lui, éveillées par l'ouverture du caisson d'obsidienne, les machines de réanimation injectaient dans l'organisme captif un flux de composés chimiques dosés pour réveiller le corps, l'extirper de son long sommeil et le ramener à la conscience. Lucas savait qu'une poignée de minutes suffirait à rendre toute sa vivacité à la Bête : pas seulement parce que la technologie cryogénique était parfaitement au point, mais parce que la créature avait des capacités surnaturelles de récupération.

Le monstre était intelligent : de cela aussi le jeune officier était absolument certain. Malgré la durée de son hibernation, il se souviendrait de tout immédiatement. Entre sa totale réanimation et le déchaînement contre eux de toute sa violence retrouvée, Lucas ne disposerait que de quelques secondes. Quelques secondes pour convaincre la Bête de se ranger à leurs côtés au lieu de les tuer tous et de détruire le Sarcophage.

Le soldat se pencha sur le caisson.

La créature n'était pas éveillée. Allongée sur le dos, encore blanchie par le givre de la cryogénie, elle recommençait à respirer lentement. Les tubes enfoncés dans ses veines et à son cou se tortillaient comme des vers dans l'afflux des liquides enrichis et des fluides régénérateurs. Les arabesques de glace qui tissaient des figures sur tout son corps se rétractaient sous la chaleur. La peau perdait sa teinte terreuse, irriguée de nouveau par le sang. La poitrine se soulevait de plus en plus puissamment.

Soudain, la Bête ouvrit les yeux.

La gorge de l'officier se serra. Son cœur se mit à cogner dans sa cage thoracique comme un fou dans une cellule capitonnée. Il dut faire un effort surhumain d'autocontrôle pour ne pas porter lui aussi la main à son arme. Il ne fallait surtout pas. Depuis le début, Lucas savait n'avoir qu'une chance, microscopique : atteindre l'intelligence du monstre une seconde *après* son éveil, mais une seconde *avant* qu'elle ne se souvienne et ne se venge des hommes qui l'avaient enfermée.

Il manqua cette seconde.

Il scrutait le visage de la créature. Il guettait un signe montrant qu'elle redevenait assez consciente pour l'entendre et le comprendre. Mais pendant toute sa phase de renaissance, le monstre ne quitta jamais son masque d'impassibilité. À l'affût, le lieutenant continuait d'attendre un réveil déjà achevé.

Quand l'imperceptible sourire en coin de la Bête lui révéla qu'il avait trop tardé, il n'y avait plus rien à faire.

Un éclat de soleil qui explose noya la salle d'un blanc sursaturé. Un éclat imaginaire, bien sûr, mais aussi aveuglant que s'il avait été réel. Le commandant cria quelque chose que Lucas n'était plus en état de comprendre. L'irradiation commençait à lui vriller le cerveau, comme si la lumière qui n'existait pas était assez solide, aiguisée, térébrante pour percer les crânes et défoncer les tempes. Le lieutenant se mit à hurler. Il tomba à genoux sans s'en rendre compte, un bras sur les yeux qui ne le protégeait de rien, un poing au sol pour ne pas chuter plus, son monde intérieur déjà violé et envahi par des formes spectrales et des menaces sourdes qui s'infiltraient en lui sans qu'il puisse l'empêcher. Ses efforts désespérés pour se fermer à la lueur aveuglante ne servaient à rien. Elle ne pénétrait pas en lui par les sens. Elle le possédait par ses pensées, ses doutes, ses angoisses, par le remugle au fond de lui de ses terreurs, de ses incertitudes, des plus durs souvenirs enfouis dans son inconscient. La lumière s'infiltrait partout, et avec elle la souffrance. Tout son corps semblait vibrer à en exploser.

Percuté, à l'intérieur et à l'extérieur, par cet éblouissement incendiaire, Lucas avait perdu la notion du temps. La Bête avait sans doute déjà arraché les électrodes et les tuyaux qui la ligotaient au caisson d'hibernation. Dans un état second, aveugle, cisaillé par la douleur, Lucas eut l'impression instinctive que le monstre s'était relevé, avait enjambé le rebord du Catafalque et le surplombait maintenant, comme pour observer au microscope l'agonie d'un insecte. Pour tuer de souffrance psychique les deux officiers puis tout le monde dans le complexe, la créature à peine éveillée de cinq ans de congélation forcée n'avait même pas d'effort à faire.

Et pourtant, quelque part dans les replis de son cerveau qui parvenaient encore à former des bribes de pensées, le lieutenant perçut un appel obscur. Une injonction désespérée. Un avertissement hystérique.

« Maintenant ! »

Maintenant. C'était *maintenant*, ou ils allaient tous mourir.

Lucas fit un effort surhumain.

— FAON ! hurla-t-il ; FAON !

Un temps s'écoula dans la tempête de douleur aveuglante. L'officier eut l'impression qu'une heure, qu'une ère passait ; mais pour ce qu'il en savait, c'était au plus une seconde.

Et tout coupa brusquement, comme une ampoule qui s'éteint. La souffrance, la lumière à incendier le crâne, le torrent de cauchemars. Tout cessa. Le silence était revenu dans sa tête. Lucas était de nouveau dans la salle isolée et calme du complexe militaire ultrasecret. L'éclairage n'était qu'un banal faisceau de lampes électriques et le fond sonore le ronronnement impassible des générateurs et des armoires de données numériques.

Lucas était sonné. Même si l'attaque de la Bête n'avait duré qu'un fragment de minute, elle l'avait mené au bord de la dislocation physique et mentale. Péniblement, il se redressa. Il n'essaya pas de se mettre debout, il se savait incapable de tenir sur ses jambes. Mais du moins était-il droit de nouveau. À genoux, il arrivait aux épaules de la Bête campée devant lui.

Et il vit enfin. Il vit les yeux bleu clair fixés sur lui et le demi-sourire d'enfant.

— Faon ? demanda le jeune garçon. C'est bien Faon que vous avez dit ? Qu'est-ce que vous savez sur ma sœur ?

Projet Psyché – 2ᵉ année d'observation

Sujet féminin (Faon) – Neuf ans
Sujet masculin (Axe) – Six ans

Le garçon est content. Tout est parfait, ce matin. Tout sauf sa sœur, bien sûr. Pourquoi s'obstine-t-elle à tout gâcher ? Toujours en train de râler, toujours en colère, toujours en rébellion. Pourtant, lui, aujourd'hui, tout le comble de joie et de bien-être : les nouvelles chaussures bleu et rouge qu'on lui a apportées dans une boîte en carton parce que les anciennes étaient trop petites, pour commencer. Et puis le petit-déjeuner, avec de la confiture de fraise : c'est sa préférée, à cause des pépins minuscules, dedans, qui chatouillent la langue. Il en a repris autant qu'il en a eu le droit. Un matin comme celui-ci, rien ne lui coupe l'appétit : il sait qu'il n'y aura pas de test douloureux avant demain. Pas de siège où l'on vous attache les poignets avec des bracelets de cuir, pas d'aiguille enfoncée dans la jointure du bras, pas de pastilles de fer sur les tempes et sur le front, pas d'avalanches d'images dans des éclairs stroboscopiques dirigés sur les prunelles. Aujourd'hui, la Maison reçoit des invités, lui a-ton dit. Des gens très importants, venus de loin. Il a demandé pourquoi ils venaient.

— Pour vous voir, toi et Faon, lui a répondu l'infirmière en le coiffant bien proprement.

Sur le moment, ça l'a inquiété, mais on lui a dit qu'il ne fallait pas. Il devra juste faire ce qu'il fait d'habitude, et les gens importants seront satisfaits. Il aurait dû faire semblant d'être effrayé plus longtemps. Il aurait sans doute réussi à soutirer un peu de confiture en plus.

Seulement Faon n'est pas contente. Elle n'est plus jamais contente, comme si quelque chose la mettait en colère continuellement. Elle n'est pas méchante avec lui, elle le dispute même de moins en moins. Mais elle a toujours sa tête des mauvais jours, maintenant. Tous les jours.

Les vêtements neufs sont un peu raides, mais ça va, Axe n'est pas trop anxieux. Parce qu'il attend sur sa petite chaise dans une salle avec des fenêtres, et il est trop fasciné par l'extérieur pour avoir le temps de s'angoisser. C'est qu'ils travaillent généralement dans les immenses sous-sols, Faon et lui, et ils n'ont pas souvent l'occasion de voir un soleil matinal comme celui-ci, chaud dans un ciel bleu. Les herbes et la pelouse poussent jusqu'à la forêt, tout au fond, qui est grande et s'étend loin à droite et à gauche. Beaucoup d'oiseaux chantent, tous en même temps, mais c'est beau, pas cacophonique comme le tintinnabulement des voyants dans les salles de test. C'est calme et Axe aime le calme.

Les adultes entrent soudain dans la pièce. Il y a les docteurs en blanc, mais plus soignés que d'habitude, on dirait, comme s'ils avaient bien repassé leur chemise, mieux noué leur cravate. Et les inconnus. Les « gens importants ». Deux hommes et une femme, sans blouse de chercheur, bien habillés, comme le garçon se souvenait que les grands étaient vêtus quand il vivait dehors, avant le centre, autrefois. Ils ont l'air sérieux mais pas effrayants.

— Voici le plus jeune des deux sujets, annonce le docteur Marchant en le désignant ; celui que nous appelons Axe. Nous croyons qu'il est plus probant de vous le montrer d'abord seul, sans sa sœur, pour éliminer toute suspicion de contamination de ses pouvoirs par celui de la fille.

— Sa sœur est plus puissante ? demande la femme au tailleur élégant.

— Beaucoup plus puissante. Nous vous la présenterons ensuite, si cela vous convient.

— C'est ici qu'auront lieu les démonstrations ?

— Oui. Nous avons bien pensé à vous laisser examiner les enfants dans les laboratoires, mais ç'aurait été sacrifier au goût de la mise en scène, pour ne pas dire à l'esbroufe. Les petits sont capables d'utiliser les pouvoirs que nous stimulons chez eux n'importe où, dans n'importe quelle circonstance. Cette salle d'attente fera aussi bien l'affaire.

— Et en quoi consistera cette… démonstration ? demande l'un des trois visiteurs.

— En ce que vous voulez.

Axe voit bien que le docteur ne peut pas s'empêcher de sourire, comme s'il avait fait une bonne blague. Non seulement l'enfant n'a plus peur, mais il commence à s'ennuyer un peu. Il sent que Marchant va se lancer dans un de ces discours interminables qu'il adore, avec des expressions compliquées et des mots prétentieux : « distorsion mentale de la réalité », « psycho-polymérisation », « projection intra-conscience », « captation des résidus subconscient/inconscient ». D'ordinaire, Axe écoute les adultes avec intérêt, voire respect, surtout s'il ne comprend pas. Mais il ne prend pas au sérieux les phrases pompeuses qui cherchent à décrire son pouvoir. À quoi ça rime, tout ce baratin ? C'est quelque chose de très simple : il invente une image, aussi détaillée qu'il en a envie, avec les sons et les odeurs, même, s'il veut, et il la projette dans l'esprit des gens. Et voilà, c'est tout. Il la projette et tout le monde croit que c'est pour de vrai. L'image fabriquée devient leur nouvelle réalité, pour aussi longtemps qu'il le souhaite. Et c'est très puissant, parce que ceux qui la reçoivent l'éprouvent physiquement. Ce n'est pas seulement une illusion, c'est si intense que les visions ont un impact matériel sur les personnes visées. Elles voient une pomme imaginaire, elles peuvent la toucher et en sentir la texture ; si elles la croquent, le jus leur dégouline sur le menton.

Axe étouffe un petit rire. Une fois, il y a longtemps, il a créé un chiot tout mignon pour une infirmière. Elle a trouvé ça charmant, elle a commencé à jouer avec lui. Et puis, sans savoir pourquoi, une idée, comme ça : avec son beagle fictif, Axe a mordillé les doigts de la jeune femme. Un peu trop fort sans doute, parce qu'elle a crié et enlevé précipitamment sa main. Et puis, comme si elle comprenait soudain quelque chose, elle est partie en courant. Des docteurs sont arrivés cinq minutes après et le petit garçon a subi ensuite des journées épuisantes de tests. C'était bizarre, tous les adultes avaient l'air intrigués, à la fois surexcités et tendus. Ça n'a pas fait rire Faon à l'époque, en tout cas. Mais ça l'a intéressée, et son frère sait bien que, depuis, elle s'entraîne en secret à projeter des chiens, elle aussi, et des tas d'autres bêtes.

— Axe, tu es prêt pour nous faire la démonstration que nous avons préparée ensemble ?

Le garçon est arraché à ses rêveries. Les adultes ont fini de parler, apparemment. Tout le monde le regarde. Il n'a pas trop le trac. Ce qu'on attend de lui, aujourd'hui, ce n'est qu'un enfantillage, un exercice élémentaire. Il se lève, se concentre une seconde.

Et il transforme le bâtiment en forêt vierge.

2

La Bête était assise sur une console de surveillance, sans égard pour les écrans et les voyants, les chevilles croisées, les pieds pendant dans le vide, instantanément rétablie de ses cinq ans d'hibernation. Bien sûr, l'adolescent n'avait pas vieilli d'un jour depuis sa mise au Frigo, la quinzaine toujours, avec sa mèche châtain et ses yeux rieurs (un peu tout le temps ironiques désormais), sa corpulence frêle et agile de jeune garçon en bonne santé – mais sa combinaison de prisonnier numérotée 02 rappelait à tout moment qu'il n'était pas un gosse normal.

Il attendait patiemment que les deux officiers récupèrent de la vision-choc qui les avait menés en quelques secondes au bord de la mort.

— Traînez pas trop, quand même, sourit-il finalement.

Il avait une belle voix fraîche de petit baryton à peine mué. Les réflexes de psychologue spécialisé en adolescents à problème s'éveillèrent aussitôt chez Lucas. Ne pas se laisser égarer par les archétypes de l'innocence à visage d'ange. Toujours se rappeler à qui il avait affaire. Quelle créature il avait en face de lui. Et quelle mission on lui avait confiée.

Il se releva lentement, les jambes flageolantes, et vit du coin de l'œil que le commandant se redressait aussi.

— Eh oui, messieurs, faut se presser un minimum. Je comprends bien que vous êtes un peu patraques, mais on a beau être enfoui dans les confins des profondeurs de nulle part, j'arrive déjà à ressentir la puissance de ma sœur, là-haut, déchaînée sur… difficile à dire. Tout le continent ? Toute la planète ? Heureusement, elle a l'air très occupée, trop pour capter le réveil inodore et sans saveur de quel-qu'un comme moi. Quelqu'un qui, à côté d'elle, n'est qu'un magicien de foire. Mais je suis son frère, quand même. Elle va finir par me repérer. Alors traînez pas trop, quoi que vous ayez à me dire.

Le commandant jeta un bref coup d'œil à son subordon-né : il s'en remettait à l'expert. Lucas eut du mal à ne pas re-tenir un rire cynique. L'expert ! Tu parles…

— Si tu as senti ta sœur, même d'ici, tu sais de quoi il s'agit, lança-t-il aussi fermement qu'il le put ; ses pouvoirs ont atteint un stade de développement totalement démentiel. Incontrôlable. Elle recrée en permanence des parties entières du monde en enfonçant ses cauchemars dans le crâne des populations. Rien n'a plus de réalité nulle part : on n'est plus jamais sûr de rien, on ne sait pas si le chemin qui s'ouvre de-vant nous ne va pas se dissoudre en précipice sous nos pieds, si la créature terrifiante sur laquelle on tire est un monstre ou notre meilleur copain, si Paris est toujours de-bout ou si c'est une ruine qui n'a plus de la Ville lumière que l'apparence. Pour l'instant, elle doit encore concentrer ses ef-forts sur des zones délimitées, attaquer ponctuellement des armées données, des cibles spécifiques. Elle m'a suivi sur la route jusqu'ici, avec ses chimères folles, mais elle ne peut pas surveiller tout le monde, tout le temps.

— Vous voulez dire : pour le moment.

— Oui, pour le moment. Son pouvoir augmente continuellement. De plus en plus vite. Bientôt, elle sera capable d'englober toute la planète, en permanence. Pour l'instant, nous sommes seulement impuissants, nous nous contentons de reculer partout, de mourir par grappes. Bientôt, il n'y aura plus de réalité nulle part. Et les quelques survivants vivront leurs dernières heures dans un chaos de cauchemars, dans un ouragan de terreurs instables.

L'adolescent éclata de rire.

— Et c'est pour cette raison qu'après avoir enchaîné son horrible frère au fond d'un caisson de congélation pendant des années, sans la moindre intention de jamais le réanimer, vous décidez tout à coup de le réveiller pour... pour quoi, exactement ? Donner un coup de main à ceux qui m'ont transformé en captif toute ma vie ? Mener à votre place votre opération de la dernière chance ? Aller me faire écrabouiller par ma sœur, qui est infiniment plus puissante que moi, pour vous offrir deux minutes de répit avant votre extinction, alors même que vous êtes mes bourreaux ?

— Oui, petit gars, c'est exactement ça. On attend de toi que tu nous aides.

Ça n'a rien de scientifique, le langage du corps ; celui des yeux encore moins – quant à l'expérience du psychologue, qu'est-ce qu'elle valait devant une créature si totalement hors norme ? Mais la créature hors norme était aussi un adolescent humain, sans père et sans enfance, pas choqué (presque content apparemment) que les adultes qui avaient désespérément besoin de lui le tutoient au lieu de le flagorner, toujours gosse dans sa position et dans ses mouvements, avec les traits attentifs du collégien qui n'a jamais complètement quitté l'école. Lucas avait misé instinctivement sur l'ascendant de l'homme fait sur le jeune garçon, sans mièvrerie, avec le genre virilité paternelle qu'il pensait coller avec les manques du gamin.

Trop tôt pour savoir s'il avait touché juste. En tout cas, Axe ne s'offusqua pas de ce ton directif.

— Je dois dire, vous manquez pas d'audace, mon… heu, lieutenant, hein, c'est ça ? Et qu'est-ce qui vous fait croire que je vais accepter ?

— Tu nous as toi-même proposé ton aide, une fois.

Le visage de l'adolescent se durcit.

— Oui. C'était avant que vous me congeliez. Quand j'avais déjà bien saisi que j'étais un rat de laboratoire, mais que je m'imaginais encore faire un peu partie de l'équipe. Avant qu'on me fasse comprendre que je n'étais qu'un animal dangereux en me ligotant dans un caisson de cryogénisation. Dans ces conditions, vous pensez quand même pas que mon offre tient toujours ?

— Bien sûr que si.

Coup de poker sur coup de poker.

— Tiens ! Vous avez l'air drôlement sûr de vous, mon lieutenant. Et pourquoi vous en êtes si certain ?

— À cause de ta sœur.

— Oui, évidemment. J'ai des comptes à régler. Mais bon, au vu de ce que je ressens jusque dans mes tripes, elle a pas chômé, ma sœur, pendant que vous me faisiez stupidement perdre mon temps dans un congélo. À l'évidence, elle, pendant que je roupillais, elle gagnait chaque jour en puissance. Elle me surpassait déjà avant mon hibernation, mais maintenant elle a l'air d'être chez les pros de classe internationale et moi je suis toujours poussin municipal.

— Bientôt, Faon dominera les plus infimes parcelles de la planète. Où que tu essaies de te planquer, elle te trouvera. Et tu sais ce qu'elle te fera…

— Ouais, évidemment… On ne s'est pas séparés en très bons termes. Je me vois pas l'inviter à mon anniversaire.

— Alors tu as le choix. Tu combats avec nous et, oui, tu cours le risque d'être massacré par ta sœur. Ou tu nous laisses tomber et tu seras *forcément* massacré par ta sœur.

Le jeune garçon soupira. Son air un peu distant, ironique, ne le quittait pas. Lucas était pourtant sûr que la situation était claire pour lui, qu'il savait son avenir sinistre. Mais il continuait à s'étirer comme un chaton et ses prunelles pétillaient.

— Admettons que je vous aide. Admettons même que, soudain transporté et sublimé par ma mission sacrée de sauveur du monde, j'arrive à trucider la sœurette. Ensuite, quoi ? Le caisson d'hibernation, une fois de plus ? Et jusqu'à la fin des temps ?

Le psychologue n'hésita qu'une seconde. Il n'était pas totalement sûr que son rôle d'adulte dur et juste, viril dans le paternalisme, soit la meilleure solution. Mais il était trop tard pour changer de costume, le gosse n'était pas stupide.

— Je ne vais pas te mentir, mon gars. Ta vie ne sera jamais normale, c'est évident. Tu seras toujours sous surveillance. Mais on trouvera comment t'offrir assez de liberté pour respirer au grand air sans que tu représentes un danger pour personne. C'est faisable. Tu n'as pas le potentiel de ta sœur.

— Mouais… Et je suppose qu'il faut que je vous croie sur parole ?

Le garçon se laissa souplement glisser au sol : il n'attendait pas de réponse. Il souriait plus que jamais, toujours goguenard. Mais Lucas commençait à soupçonner dans son effronterie quelque chose de bien différent. Une espèce de désespoir. Une ivresse délibérée pour ne pas voir le gouffre.

— Eh bien, messieurs, quand vous voulez. On a un combat suicidaire à préparer.

*   *   *

En dépit de l'urgence, Lucas avait insisté pour ne pas partir immédiatement. Pas seulement parce qu'il avait furieusement envie de se laver, de se changer et de manger chaud, mais parce qu'il était convaincu que l'adolescent, malgré ses airs dégagés, avait besoin d'un palier de décompression. Ce qu'il avait à encaisser était colossal, même pour un esprit dont la forme et les mécanismes dépassaient toutes les grilles d'analyse. Il lui fallait récupérer de son hibernation, de son réveil, endurer le retour de ses souvenirs cruels de créature isolée, surveillée par les hommes, abandonnée par sa sœur, complètement solitaire. Il devait accepter la découverte d'une situation désespérée, encore plus noire maintenant que quand on l'avait enchaîné au Catafalque. Il avait besoin de silence, d'entrer en lui, de s'isoler (le caporal doigt sur la détente à deux pas du bloc-douche, ça ne comptait pas), il avait besoin d'eau chaude délassant les muscles encore engourdis, de laisser le jet fumant laver tout ce qui pouvait l'être.

Axe était humide, pas trop séché, désinvolte quand il rejoignit avec son escorte armée le réfectoire où tiédissaient les haricots. Il était toujours habillé de jaune de la tête au pied – il avait accepté la soupe et la douche, mais refusant tout vêtement civil avait réclamé une tenue de prisonnier propre.

— Je suis mieux avec ces fringues, non ? lança-t-il en s'installant devant son gigot, amusé parce qu'il savait que personne ne comprendrait la blague. Ado, combattant, traître et captif, il me faut cette combinaison pour ressembler tout à fait à Ricardo Libre.

Lucas ne se laissa pas appâter par l'allusion obscure, il devinait qu'un seul mot était important dans la tirade du gamin.

— Traître ? Traître envers qui ?

Axe flaira le verre de vin, soupçonneux, et préféra l'eau.

— Envers ma sœur.

— Pourquoi, traître ? Tu es au moins autant en guerre contre elle que nous. Plus, même, si l'on considère que dans ton cas c'est personnel.

— Justement, c'est personnel. Parce que c'est ma sœur, quand même. Même si nous sommes ennemis. « Absalom, Absalom, mon fils ! » Vous connaissez pas ? Comme le roi David, je combattrai celle qui est de mon sang, mais ça me fait pas plaisir. D'autant moins que je sais comment ça va se finir, tout ça. J'ai la nette sensation que nous sommes très loin d'elle, très loin... de l'épicentre. Et pourtant je sens sa puissance vibrer dans tout mon corps comme une éruption volcanique. C'est incroyable ! Je me demande comment elle peut encore être en vie en émettant une énergie pareille...

— Ah ? Et pourquoi ne serait-elle pas en vie ?

Deux soldats montaient la garde au fond du réfectoire. Le commandant mangeait en silence, tout oreilles, la conversation ne roulait qu'entre le jeune garçon et le psychologue.

— Pourquoi ? Parce que notre pouvoir nous ronge, tout simplement. Il nous dévore jusqu'à l'atome. Les archives du complexe où on a été élevés ont disparu ou vous êtes trop flemmard pour vous renseigner avant de partir en mission, mon lieutenant ? Chaque utilisation de notre capacité de projection mentale, c'est un assaut contre notre organisme, jusqu'au plus profond de ses plus lointaines strates. Tant qu'il s'agit de faire apparaître un bouquet de fleurs pour épater la galerie, pas de problème. Mais déchaîner le genre de puissance que je sens fracasser tout l'univers au-dessus de nos têtes ? Même ma sœur n'en est pas capable sans se dissoudre en un petit tas de chair fumant. Qu'est-ce que vous lui avez fait pour qu'elle puisse continuer ? Aller aussi loin ?

Il eut un rire presque enfantin.

— En tout cas, c'est bien fait pour vous. Ça vous apprendra à vous amuser avec des gosses.

Le garçon avala lentement une bouchée, comme si on l'avait privé trop longtemps d'un plaisir essentiel, et il attaqua sans changer de ton, badin et moqueur :

— Alors ! C'est quoi, le plan de bataille ?

— À toi de nous le dire, Axe. De quoi est-ce que tu as besoin pour… neutraliser ta sœur ?

— Vous voulez dire pour la tuer ? Toujours pas d'un bazooka ou d'un porte-avions, ça servirait à rien. Ça va se passer dans nos têtes, la sienne et la mienne. Imagerie mentale contre imagerie mentale. Le problème, c'est qu'elle se projette tranquille jusqu'à Pétaouchnok, la sœurette, mais moi j'en suis pas capable. J'ai besoin d'être à portée.

— Donc nous devons t'approcher du Kilomètre Zéro.

— C'est comme ça que vous l'appelez ? Le « Kilomètre Zéro » ? Ça fait un peu BD, non ? Et dire que c'est moi le gamin… En tout cas, « kilomètre », je sais pas si vous utilisez le mot comme une sorte de symbole, mais un kilomètre, moi, ça me suffira pas. Il faut que je sois dans la même pièce que ma sœur.

Il y eut un silence. Les deux officiers ne cherchèrent pas à cacher le regard plombé qu'ils se lancèrent.

— Ça ne va pas être facile. L'endroit où se trouve Faon… Forcément, c'est aussi l'épicentre de son pouvoir. C'est là que sa puissance est la plus grande. Ça fait des mois que personne n'a pu y mettre les pieds, elle nous tient loin, bien à distance. Les quelques commandos qu'on a essayé d'envoyer… nos meilleurs hommes, pourtant, avec entraînement et matériel spécial…

— Laissez-moi deviner. Vous n'avez plus jamais eu de nouvelles et les deux seuls gusses qui sont revenus n'avaient plus d'humain que leur enveloppe extérieure…

— C'est à peu près ça, oui. Pas moyen de… contrer ta sœur de plus loin ?

— Vous arrivez à éclairer la lune avec une lampe de poche, vous ? Il faut *vraiment* que vous compreniez : je n'ai pas la puissance de projection de Faon. Si vous voulez que j'essaie d'opposer mes tours de passe-passe à la magie cosmique de ma chère sœur, faut que vous me fassiez entrer dans son boudoir. Qu'est-ce qu'il vous reste, comme véhicules ?

De nouveau, Lucas échangea un regard avec son supérieur : oui, malin, le gosse, il devinait que l'humanité était aux abois, au point que les armées elles-mêmes n'avaient presque plus de matériel, presque plus rien.

— Qu'est-ce qui vous arrange le mieux, demanda le commandant ; air ou terre ?

— Aucune importance, Faon peut nous combattre où elle veut.

— On a un hélico de prêt, alors. Il est loin, le Kilomètre Zéro, et les routes sont encombrées, on ira beaucoup plus vite comme ça. Ça vous convient ?

L'officier parlait net, direct, formel, mais d'homme à garçon : comme un chef de bataillon à un enfant de troupe. C'était naturel, chez lui, mais c'est le ton qu'il fallait – si l'intuition de Lucas était correcte.

— Ça me convient, mon commandant. Autant qu'autre chose. Laissez tomber les escortes et les commandos, pas la peine de sacrifier des types pour rien. Ce n'est pas au fusil d'assaut que ça se passera. L'équipage de l'hélico et moi. Et vous, mon lieutenant. Je suis sûr que vous avez envie de m'accompagner au cœur des ténèbres, pas vrai ?

Le sourire s'était fait ironique jusqu'au cassant. Mais Lucas resta de marbre. Il savait quelle était sa mission.

— Bien sûr. Je te colle où que tu ailles, maintenant.

— Très bien. Vous êtes en règle avec votre Dieu ? Vous avez fait votre testament ? Légué votre collection complète de *La Revue du psychiatre* à votre neveu ?

Lucas était sûr, désormais. Les blagues pénibles du garçon cachaient une terreur folle, tout au fond.

— On part quand tu veux, Axe.

— Alors tout de suite. J'ai plus faim. Il est où, votre héli-co ?

— Tout en haut, sur le toit du complexe.

Le commandant se levait déjà. Mais il n'avait pas quitté l'adolescent des yeux :

— Jeune homme, je sais que le lieutenant Lucas m'en voudra à mort de vous dire ça, ça ne colle pas avec son plan de séduction. Mais j'ai la responsabilité de mon centre et je n'ai pas le droit de vous faire confiance sur votre bonne mine. Jusqu'au décollage du ventilo, vous serez étroitement surveillé. Si je suspecte une seconde que vous essayez de nous doubler, je donnerai l'ordre à votre escorte de vous abattre.

Axe sourit une nouvelle fois, ironique, mais presque avec sympathie.

— Votre foi en vos hommes vous honore, mon commandant. Mais si l'un d'eux lève son arme sur moi, il passera le reste de sa courte vie à s'imaginer qu'il est un ver de terre.

* * *

Lucas avait l'impression de partir nu : en mission, d'ordinaire, on s'équipe, on est armé, on garnit sa cartouchière, on remplit sa gourde, on emporte le barda de guerre. Cette fois, il n'avait même pas une lampe au ceinturon. C'était normal, bien sûr : on n'abat pas un cauchemar à la 5,56. Mais c'était très déstabilisant.

Jusqu'à l'héliport, rien ne fonctionnait automatiquement : c'est à pied qu'ils grimpèrent, le commandant en tête et les deux soldats d'escorte fermant la marche derrière Axe et Lucas. Il faisait jour quand ils débouchèrent au plein air, un petit jour gris acier de crachin et de bruine, venteux, incertain, menaçant. L'équipage de l'hélicoptère était déjà sur place, prêt à décoller.

Le groupe n'eut le temps de faire qu'un pas. Brutalement, comme si l'horizon n'était qu'une toile peinte qu'on pouvait agiter, l'air se mit à vibrer frénétiquement, soudain saturé d'électricité, d'éclats aveuglants, d'énergie invisible et pourtant fracassante. Un grondement qui n'était pas le tonnerre roulait en continu, surpuissant, prenant aux tripes. Des pans d'horizon noircissaient géométriquement, disparaissaient à la vue, réapparaissaient dans un éblouissement avant de se durcir dans une texture de granite. Les torsions et distorsions de l'atmosphère n'avaient aucune logique, aucune vraisemblance ; à perte de vue le ciel était détruit, chiffonné, éclaté, étalé, reconstitué comme un mélange de couleurs sombres touillé par une main invisible. Des boules de lumière pure surgissaient au milieu de nulle part, explosaient en déflagrations suraiguës en ne laissant sur le noir revenu que des radicules électriques. Le spectacle était fascinant. Terrifiant. Inhumain.

Dans le vacarme, les soldats entendirent soudain un rire d'enfant. Le tumulte couvrit l'exclamation joyeuse d'Axe, mais Lucas crut comprendre quelque chose comme : « *ça n'aura pas duré longtemps, le secret de mon réveil !* »

Puis le jeune garçon s'élança vers la margelle de béton qui marquait le périmètre du toit et, jambes et bras écartés face au déchaînement de la tempête surnaturelle, il se mit à hurler :

— Salut, grande sœur ! Je t'ai manqué ?

Projet Psyché – 1ʳᵉ année de conditionnement

Sujet féminin (Faon) – Onze ans
Sujet masculin (Axe) – Huit ans

Faon réveille Axe au milieu de la nuit. Le petit garçon est aussitôt lucide, l'esprit parfaitement clair : cela fait partie de leurs aptitudes, il le sait. Ils dorment comme des chats, sa sœur et lui, ils ont besoin de peu de sommeil, ils récupèrent très vite, ils sont opérationnels et incisifs à la seconde où ils ouvrent les yeux. Et c'est pour ça qu'Axe comprend immédiatement que ce qui se passe est anormal.

Il fait nuit. La chambre est plongée dans le noir, sans la moindre lumière, pas même une ampoule de sécurité au-dessus d'une flèche d'évacuation incendie. Un noir si intense, si uni, si opaque que l'esprit n'a pas assez de matière pour créer des formes illusoires ou imaginer des silhouettes dans les recoins. Ça n'a pas d'importance, bien sûr : les deux enfants sont nyctalopes et le garçon voit aussitôt sa sœur penchée sur lui. Elle est décoiffée et en pyjama, mais elle a enfilé ses chaussures et son manteau : dans sa main libre elle tient le blouson de son frère.

Elle veut s'enfuir.

— Vite, lève-toi !

C'est absurde. C'est démentiel. Ils ne savent pas où ils habitent, tous les deux, mais ils devinent qu'ils sont loin de tout. L'extérieur n'est que mystère. Ils ne connaissent personne, ils n'ont nulle part où aller. Pas de destination, pas d'allié, rien que l'inconnu du monde, son vide et son hostilité. Axe a vécu autre chose, autrefois, avant le centre, une vraie maison sans doute : des images très vagues lui en reviennent parfois, mais beaucoup trop obscures, hachées, informes pour signifier quelque chose. Alors le complexe de recherche, au fond, c'est tout ce qu'il a. Il ne veut pas partir parce qu'il sait qu'ils n'ont nulle part où aller, mais aussi parce qu'il se sent chez lui, ici.

— Non !

— Il faut qu'on parte ! chuchote Faon. On ne peut pas rester dans cette prison !

— C'est pas une prison !

— Oh mais si ! Tu ne saisis pas ? Tu ne vois pas ce qu'ils nous font ? Tu ne vois pas la vie qu'on vit ici ? Je sais que tu es petit, et tu as peur, mais il faut que tu fasses un effort pour comprendre !

Axe avale sa salive sans répondre. Il comprend très bien. Il comprend au moins ça : sa sœur est malheureuse, inquiète, révoltée. Et elle ne peut pas s'imaginer que lui ait des sentiments différents. Il est stupéfait qu'elle ait perdu la boule au point de chercher à s'en aller. Mais du moment qu'elle a pris sa décision, il est évident pour elle que son frère doit la suivre. Et pourtant, lui, il ne veut pas partir. Tout, jusqu'au plus profond de ses tripes, se révulse à l'idée de quitter l'abri du complexe. Un abri verrouillé comme un pénitencier, mais un abri quand même. S'il s'échappe, dehors, il aura faim, froid, peur. Il sera seul.

Seul avec Faon.

Dans un réflexe enfantin, il se recroqueville, comme s'il espérait se terrer au fond de son lit. La petite fille en a soudain assez d'attendre. Elle s'empare de la couverture et la tire violemment. Axe pousse un cri effrayé qui s'étrangle. Faon est déjà penchée sur lui et elle a ces traits durs qui l'enlaidissent si souvent depuis quelques mois, ce visage de pierre qui a d'abord mis son frère mal à l'aise et qui aujourd'hui le terrifie.

— Tu vas venir, Axe. Un point c'est tout. J'ai pas le temps de t'expliquer. Tu vas enfiler ton blouson et tu vas me suivre en silence, sans prévenir personne. Sinon je te projetterai des images qui t'obligeront à me suivre. Des images que t'oublieras jamais de toute ta vie.

Le petit garçon sent tout son corps se contracter et se durcir. Il a du mal à respirer. Jamais sa sœur ne l'a menacé. Jamais avec son pouvoir.

— Je... t'empêcherai !

— Tu crois que tu peux ?

Axe comprend soudain qu'il tremble de tous ses membres. C'est irrépressible. Une terreur qu'il n'a jamais connue s'empare de lui. Non, il ne peut rien contre le pouvoir de Faon. Et brusquement, il la croit vraiment capable de l'utiliser contre lui. Elle n'est plus la sœur d'avant. Ça fait un moment qu'il s'en doute, mais ce soir, comme si des mois de soupçons, d'impressions, d'instinct se polymérisaient en certitude, ce soir il en est sûr.

Mécaniquement, il se lève. Il ne sait pas quoi faire, sinon obéir. Il est incapable de penser. Il doit s'y reprendre à trois fois pour lacer ses tennis. Une brève seconde, il est tenté de jouer le tout pour le tout, de lancer une chimère défensive pour couvrir sa fuite et de se précipiter vers le plus proche poste de garde. Mais il n'ose pas. Faon disloquerait ses projections en une seconde et Dieu seul sait ce qu'elle imaginerait ensuite contre lui. Un court moment aussi, il se dit qu'il y a peut-être du vrai dans sa haine du complexe, puisqu'il a transformé en préadolescente brutale et instable la grande sœur qui riait autrefois à ses farces cousues de fil blanc et à ses blagues bancales.

Mais ça ne change rien. Ce qui compte, ça n'est pas pourquoi elle mute, c'est qu'elle mute. Et quoi qu'il advienne, il ne peut pas, à n'importe quel prix il ne peut pas s'enfuir à ses côtés et se retrouver seul dehors *avec elle*.

Ils avancent dans le couloir totalement obscur – mais ils y voient presque comme en plein jour. Axe sait bien qu'aucune caméra ne peut les repérer si Faon ne le veut pas. Qu'aucune sécurité physique ne peut résister à des pouvoirs psychiques qui reforment la réalité selon ses désirs. La seule chose qui pourrait l'arrêter, c'est le commando de garde, quatre canons dirigés vers sa tête, un doigt ganté de noir sur chaque queue de détente – les hommes entraînés à contrôler les deux enfants, chimiquement immunisés, et que ni le frère ni la sœur ne sont encore assez puissants pour circonvenir. Mais tout le monde croit le complexe endormi et Faon peut sans difficulté maintenir cette illusion jusqu'à ce qu'ils aient laissé derrière eux les laboratoires, les chercheurs, les infirmières et les soldats.

Sauf si Axe parvient à les prévenir, bien sûr.

Hurler ? Inutile. Une brume invisible étourdit tous les sons : il est captif d'un carcan de silence érigé par sa sœur. Créer une image assez puissante pour contrer les siennes ? Il en est totalement incapable. Mais il peut essayer de compenser en rusant. Faon pense qu'il ne tentera rien, paralysé par la peur, et que s'il tente quelque chose, ce sera contre elle. C'est à une attaque directe qu'elle est préparée.

Il va la prendre par surprise.

Ils sont presque au bout de l'étage. Devant eux, Axe distingue les deux ascenseurs qui montent au rez-de-chaussée.

Il sait qu'il n'a qu'une fraction d'instant pour fabriquer sa chimère, lui donner une forme parfaite et la diriger. Au début, Faon ne comprendra pas ce qu'il essaie de faire, elle perdra une seconde. Une seconde, pas plus. Il doit réussir du premier coup.

Il respire amplement. Ils ne sont plus qu'à cinq mètres des ascenseurs. Brusquement, il condense tout ce qu'il a d'énergie. Une boule se forme devant lui. *Sa sœur frémit dans son dos.* Une simple balle de cuir, dur et dense, comme il les aime pour jouer à la pelote à main nue. *Il sent Faon irradier à son tour : elle va attaquer.* Il n'a pas besoin de main pour cette balle-là, il la propulse par la seule force de son esprit, avec une puissance folle, avec une précision dont il est incapable dans le monde physique. La boule de cuir fonce vers le mur, détruit la glace de protection et enfonce le poussoir rouge à côté de l'ascenseur.

Les lumières s'allument d'un coup, aveuglantes, et le hurlement des alarmes déchire le silence de la nuit.

3

L'hélicoptère fonçait à travers la tempête artificielle. Deux hommes d'équipage à l'avant, le lieutenant Lucas et la Bête à l'arrière. La Bête imberbe d'un mètre soixante, avec ses mèches châtain clair et ses iris limpides.

Les traits enfantins du garçon s'étaient durcis, pourtant. L'officier, assis face à lui, ne le quittait pas des yeux et il constatait que l'adolescent n'avait pas menti : utiliser ses pouvoirs l'attaquait de l'intérieur, comme un acide. Il souffrait. Droit sur son siège, du reste ligoté par le double harnais de sécurité, il ne bougeait pas. Ses mains étaient à peine crispées sur les accoudoirs. Même son visage, bien que marqué par la lutte, semblait plus concentré que douloureux. Mais une lueur brûlait tout dans ses prunelles. De la tension, de la peur, de la souffrance. Une focalisation surhumaine. Et à cause de ce seul brasier crépitant dans les yeux, Lucas ne pouvait pas détacher le regard du gamin. Ce que le combat exigeait déjà de ce corps frêle dépassait toute capacité à comprendre et à analyser.

C'était grâce à cela que l'hélicoptère progressait vers l'objectif.

L'ouragan artificiel avait atteint une violence démentielle. En comparaison, celui qu'avait essuyé le psychologue sur le chemin du Sarcophage n'était qu'une bruine. La tempête était peuplée de créatures immenses. L'ombre de leurs ailes cassait parfois l'horizon d'acier dans les éclairs et les décharges électriques. L'officier croyait voir des griffes longues comme des sabres, des becs d'animaux géants, des formes gigantesques, aussi effrayantes qu'écœurantes – les grands anciens impies.

Mais rien ne pouvait effleurer l'hélicoptère. Ni la foudre, ni les monstres surgis du noir, aucun des démons tout couverts d'yeux pour l'épouvante que Faon lançait contre ses ennemis. Axe les tenait à distance. Autour de l'appareil, il projetait une bulle translucide, souple, irisée de reflets instables, qui semblait réfléchir toutes les teintes et toutes les lueurs. Solide comme le plus épais blindage. Réactive aux chocs, aux déflagrations d'énergie pure et aux coups de crocs qui tentaient d'en forcer la résilience – au lieu de résister en bloc, ce bouclier mental s'adaptait, absorbait, diffusait, rejetait, disloquait. Il se reformait constamment, toujours différent, puisant sa force dans sa reconstitution continuelle.

Protégé par la bulle, l'engin militaire s'enfonçait dans le cauchemar de Faon. Il l'étravait comme un brise-glace.

Mais Lucas voyait ce que cette défense coûtait au jeune garçon. Elle le drainait de son énergie. Elle le torturait, elle le déchiquetait de l'intérieur. Et lui aussi commençait à se demander comment Faon pouvait alimenter, jour après jour, des projections mentales d'une telle puissance alors que le simple blindage impalpable de son frère semblait lui prendre tout ce qu'il avait.

Et l'officier voyait bien ce que ça signifiait. La mission n'avait pas beaucoup de chances d'aboutir. Oui, Axe tiendrait jusqu'à l'objectif, c'était à peu près certain : ils n'étaient plus qu'à une heure de vol et, si l'effort ravageait l'adolescent, il maintenait sans défaillance une concentration continue. Mais Lucas sentait qu'à l'atterrissage le gosse serait vide – alors que rien n'aurait été résolu. Rien n'aurait seulement commencé. Axe n'était pas de taille contre sa sœur.

Pourtant, dans les yeux incendiés du garçon, rien n'évoquait la panique qui débande les lignes de front. Il marchait à la mort sans hésitation. Il fallait reconnaître ça au petit captif : il était brave – de cette bravoure ancienne qui avait presque disparu d'un monde saturé de désespoir, qui n'avait pas survécu à la désagrégation de la réalité, au cauchemar permanent, et qui était remplacée par l'exécution automatique d'un devoir dénué de sens.

L'adolescent crispa les mâchoires. Des boules dures se formèrent aux jointures. Malgré le vacarme des turbines et de la tempête irréelle, rien qu'au froncement de sourcils, le lieutenant aurait juré l'avoir entendu gémir. Mais l'hélicoptère poursuivait sa route sans ralentir et le bathyscaphe n'était protégé des abysses et de ses monstres que par cette seule coque d'acier, mince comme du papier à cigarette : la volonté du jeune mutant.

* * *

— On arrive ! prévint le pilote.

Seul Lucas entendit l'avertissement, Axe avait refusé de mettre un casque. Mais, visiblement, le garçon n'en eut pas besoin pour comprendre. Est-ce qu'il lisait dans les pensées ?

Était-il hypersensible aux atmosphères, aux changements d'attitude et de regard ? Il ne jeta qu'un coup d'œil au psychologue et saisit aussitôt qu'ils étaient sur l'objectif. Lentement, comme si un geste brusque pouvait casser sa concentration et livrer l'appareil à sa sœur, il ouvrit son harnais, se leva et approcha du hublot. Le lieutenant l'imita et vint se placer derrière lui. Il n'avait pourtant pas particulièrement envie de regarder. Mais il voulait voir ce que l'adolescent allait voir, découvrir le panorama avec lui, comme lui – même si les sentiments du gosse devant le spectacle resteraient de purs sujets de spéculation.

C'était le complexe de recherche où les deux enfants avaient été élevés. La plus grande partie en était enfouie et, à la surface, trois blocs de bâtiments à un étage dessinaient un triangle. Partout autour, à perte de vue, l'ancienne forêt isolait toujours le site.

Pourtant, le vieux centre était méconnaissable.

La tempête, les vols tourbillonnants de chimères, la bulle mentale de protection, l'obscurité opacifiaient la vue. Mais Lucas en distinguait bien assez. Il eut un moment de stupeur. Une végétation surnaturelle avait grandi autour du complexe – elle repoussait même la forêt comme une armée effondrant une forteresse vétuste. C'était un raz-de-marée de plantes immenses, impossibles, démentes et ravagées, brunes et émeraude, dans des élongations et des nœuds torturés qui enchevêtraient des troncs, des lianes, des racines géantes, des excroissances fantastiques. Et l'impression était dure, vivante mais métallique, comme si le bois était d'acier et les feuilles de fer. C'était comme le grouillement immobile de bestioles folles, de biomécaniques conçues sous acide. L'amas dense ne se contentait pas de repousser la forêt en mangeant l'orée, en fonçant dans les interstices, en colonisant le sous-bois. Il s'incrustait au complexe, brisant les fenêtres et craquant les murs pour traverser une aile, défonçant un toit pour remplacer le béton par un tissage serré de branches noires, polymérisé dans la structure comme si la flore et les bâtiments fusionnaient peu à peu.

Le plus épouvantable, dans la vision de ce centre digéré par les mutations végétales comme un temple khmer par la jungle : ce n'était pas une illusion. Lucas en était à peu près sûr. La puissance de Faon était stupéfiante et elle croissait d'heure en heure, mais elle ne suffisait pas encore à dominer toute la planète, à combler les poches de réalité qui subsistaient entre ses zones de cauchemar. Dépenser une once de son énergie à entourer son imprenable forteresse de chimères inutiles n'aurait eu aucun sens. L'Amazonie démente qui débordait du complexe n'était pas une projection mentale. Quelque chose dans les bâtiments abandonnés nourrissait réellement ce grouillement de plantes impossibles.

Axe détourna le regard avant le lieutenant. Il demeurait impassible. Il fit un geste mimant un casque à micro, pouce à hauteur de l'oreille et auriculaire devant la bouche : il voulait parler. Il semblait calme, même le feu dans ses yeux paraissait plus concentré, plus déterminé, moins chaotique. Lucas régla le casque à sa tête.

— Mon plan, pas le vôtre, dit aussitôt le garçon.

— On ne va pas revenir dessus ! C'est trop dangereux !

— Dangereux ? Vous êtes inconscient, mon lieutenant, vous ne savez pas ce que vous dites. De toute façon, je ne discute pas. C'est moi qui décide ou je ne fais rien.

— Qu'est-ce que tu crois pouvoir faire, tout seul là-dedans, dans *son* domaine ?

— Et vous pensez que deux pilotes et un psy pourraient m'aider ? Avec un fusil de combat, une grenade et deux pistolets ? Vous plaisantez ? Même moi, je pourrais vous transformer en légumes tous les trois avant que vous ayez eu le temps de dégainer. Alors Faon ! Vous n'êtes que des amibes, pour elle.

Lucas ouvrit la bouche, mais il la referma sans rien dire. Le garçon avait raison, bien sûr. Insister pour l'escorter n'avait aucun sens. Alors pourquoi cette idée l'obsédait-elle ? Hantise d'être lâche ? Désir de protéger le gosse à tout prix, parce que protéger les gosses est un instinct incoercible, même quand ce sont des mutants incontrôlables ? Envie de voir cette mission suicidaire jusqu'au bout ? Peut-être même une lassitude extrême devant le cauchemar sans fin et la tentation d'en finir une fois pour toutes ? Dans les circonstances actuelles, rien de tout ça n'avait de sens. Le lieutenant ne répondit pas et cela suffisait à montrer qu'il cédait.

— Bien, fit Axe sur le ton d'un instituteur constatant la soumission d'un écolier déraisonnable ; dites au pilote de me déposer sur le toit, au plus près d'une ouverture. Naturelle ou pas, l'ouverture, je m'en moque. Pas d'équipement, je ne veux rien. Aussitôt que je suis en bas, vous repartez. Je ne pourrai plus m'occuper de vous, j'aurai besoin de toute ma concentration et de toute mon énergie pour me protéger. Je pense que Faon sera trop focalisée sur moi pour continuer à attaquer l'hélico, vous devriez être en sûreté.

Axe parlait fort, mais le vacarme, malgré le micro, couvrait une bonne partie de ses phrases et l'officier devait reconstituer les syllabes.

— Je vous conseille quand même de vous éloigner rapidement, poursuivit le garçon ; j'ignore combien de temps je vais tenir et, dès qu'elle m'aura éliminé, ma sœur se retournera contre vous. Vous ne résisterez pas une seconde.

Lucas hocha la tête.

— Comment saura-t-on que tu as neutralisé Faon ?

L'adolescent eut un rire bref.

— Parce que vous croyez encore que j'ai une chance de la vaincre ?

— Alors pourquoi tu continues, si tu sais que tu vas mourir ?

— Vous avez toujours pas compris ? Vous êtes pas brillant, comme psychologue. Je suis votre captif. Il m'a fallu du temps pour saisir, mais maintenant je sais. J'ai *toujours* été votre captif. Et j'aime mieux crever détruit par ma sœur que pourrir dans votre pénitencier.

Soudain, Axe arracha son casque et le jeta violemment à travers l'habitacle. Le reste, l'officier l'entendit parce que le garçon hurla assez fort pour couvrir le vacarme des pales et de l'ouragan.

— Je retournerai jamais en hibernation ! Jamais !

Projet Psyché – 4364ᵉ jour. Arrêt d'urgence des expériences.

Sujet féminin (Faon) – Dix-huit ans
Sujet masculin (Axe) – Quinze ans

Axe s'y attend depuis des semaines.

En fait, il s'y attend depuis que toute communication lui est interdite avec sa sœur isolée dans un pavillon séparé, depuis qu'on l'a déplacé dans une chambre bloquée par un sas blindé, depuis qu'il est gardé par des hommes en armes, depuis qu'on lui a enlevé ses vêtements civils (et sa ceinture, et ses chaussures : de quoi ont-ils peur ? Qu'il se suicide ?), depuis qu'on l'a affublé d'une combinaison jaune marquée d'un chiffre : une tenue de prisonnier.

Des semaines qu'il s'en doute. Et cette nuit, il est sûr.

Avant même que les soldats ne fassent irruption, il est percuté par l'immense énergie qui se déploie autour de lui, au-dessus de sa tête, dans l'air et dans le sol, sous son lit, partout, dans chaque vibration de ces vagues impalpables mais virulentes qui se succèdent comme des spasmes.

C'est Faon.

Cette explosion de puissance psychique dont l'épicentre est proche et dont les secousses doivent pourtant se ressentir jusqu'aux confins de la forêt : c'est Faon. Axe ignore au juste ce qu'on lui fait subir depuis des mois, mais il n'est plus un mioche. Il devine. Tout le monde sait que sa sœur est beaucoup plus forte que lui : elle a droit à un traitement spécial. Les tests routiniers, les stimuli paresseux, les petites expériences sur modèles informatiques, c'est bon pour le jeune mâle limité. Avec le garçon, on vérifie en bâillant des hypothèses de base, on conforte mollement les données de long terme. On fait joujou. Les stagiaires se font la main sur lui.

C'est Faon, le vrai sujet d'étude.

Paradoxe ironique : Axe coopère, mais on lui prête à peine attention. Sa sœur est plus révoltée que jamais (elle n'est même plus que ça : insurrection, fureur, lutte, guerre ouverte), pourtant tous les moyens du centre convergent vers elle. Voilà longtemps que les expériences menées sur Faon se font loin des laboratoires où l'on étudie Axe, voilà longtemps que leurs contacts sont limités au maximum et que les chercheurs tentent de relâcher leurs liens par tous les moyens. Mais le jeune garçon sait pertinemment que, pour sa sœur, le programme continue *sous la contrainte*. On l'attache, on la bourre juste assez d'inhibiteurs chimiques pour l'empêcher d'attaquer les scientifiques. Et on poursuit.

Depuis un moment, l'adolescent suspecte même qu'on *stimule* sa sœur. C'est ce qui l'effraie le plus. Il sait, lui, ce qu'est leur pouvoir. À l'instinct, il le comprend bien mieux que tous ces savants qui les étudient et les modélisent à grandes volées de néologismes et de programmes adaptatifs. Il devine que Faon peut aller très loin avant d'être annihilée par sa propre puissance. C'est ça qui enthousiasme les chercheurs, qui les a conduits à exciter les aptitudes de la jeune fille et à développer par tous les moyens la portée de ses projections mentales. Ils ont eu tort. Ils lui ont seulement donné les armes dont elle avait besoin pour déchaîner une rage que rien ne contient plus.

Car c'est ça qui est en train de se passer. C'est l'heure de la vengeance et de la rétribution.

Faon n'a pas encore atteint le faîte de sa puissance, sinon le complexe ne serait déjà plus qu'un tas de cendres fumant – petit frère compris. Mais la déflagration d'énergie qui continue de pulser comme un souffle atomique permanent ne trompe pas : les savants n'ont plus le contrôle. Axe n'a jamais rien perçu d'aussi destructeur, ça dépasse toute connaissance, toute analyse. Rien ne peut plus contenir la dilatation de sa sœur.

Les soldats entrent dans sa chambre. Ils sont rapides, décidés, ils ont visiblement des ordres stricts et l'intention de les exécuter vite. Deux d'entre eux encadrent Axe, chacun un bras. Le troisième se place derrière, le canon sur la nuque : si l'adolescent tente quoi que ce soit, physiquement ou psychiquement, il sera abattu. Pas une parole n'est prononcée. Le garçon est entraîné vigoureusement, sans explication, sans avoir le temps de rien prendre ni de protester.

Le complexe est plongé dans le chaos. Axe l'a toujours connu actif, mais posé, technique, professionnel. Il est méconnaissable. Toutes les alarmes sonnent, des groupes de combat courent dans tous les sens en blocs serrés, des blouses blanches passent avec un air d'ahurissement affolé, les mains crispées sur des dossiers devenus inutiles – certains ont l'air d'aller quelque part, d'autres foncent au hasard comme des poules décapitées. Devant les bureaux ou les laboratoires, le jeune garçon saisit parfois des éclats de voix, des syllabes hurlées au téléphone. On le tire trop vite et il n'a jamais le temps de capter plus d'un mot ou deux. Son cœur cogne : on a beau savoir que les puissants adultes qui vous dominent depuis toujours sont cette fois dépassés, c'est terrifiant de voir cette panique, cette agitation fébrile, cet effarement de fin du monde.

On l'entraîne toujours dans les couloirs surexcités. Il ne résiste pas. Il n'a aucune raison de résister : on l'évacue, sans doute. S'il n'a pas la force de sa sœur, c'est quand même un mutant. Il a des pouvoirs. Il est un atout essentiel, il faut le mettre à l'abri. Ce n'est pas facile de suivre le rythme quand on est un gamin frêle et qu'on a les bras crochés par deux solides soldats. Axe sautille de son mieux, trébuche parfois. Mais on ne le laisse pas tomber, on le redresse comme un gosse de quatre ans que son père tient par la main, on continue sans ralentir.

L'affolement général, les cris, les sirènes d'alarme, tout se percute dans la tête du jeune garçon – sans compter le séisme d'énergie mentale qui le frappe violemment, réplique après réplique, qui le ravage avec une force que ne peuvent pas comprendre les hommes qui l'accompagnent. Il n'arrive pas à se concentrer, à réfléchir. Mais il finit par réaliser que le complexe est en pleine évacuation. C'est désorganisé par la panique – les sous-officiers ont le plus grand mal à canaliser les flux. Les chercheurs, les infirmières, les cuistots, le service d'entretien, on évacue tout le monde. Les hurlements, au téléphone, c'est pour réclamer des camions, des bus, des hélicos.

Lui, son escorte le descend vers un entresol bétonné qu'il n'a jamais vu. Il vit entre ces murs depuis onze ou douze ans, mais il n'a jamais visité l'immensité du complexe, on ne l'a pratiquement jamais fait sortir. Même le jardin de détente était une serre intérieure, même pour le sport il n'avait droit qu'à la natation, à la boxe française, aux activités qu'on peut pratiquer dans les tréfonds d'un centre clos – c'est à peine s'il sait ce qu'on ressent quand le soleil chauffe la peau nue. Le monde dans lequel il a vécu toute sa vie est minuscule. Il ignore où on l'entraîne.

Il se doute, quand même. On le conduit vers l'étage d'évacuation des V.I.P. Son escorte lui a fait franchir plusieurs sas interdits et les portes se sont reverrouillées derrière eux. Le sol est froid sous ses pieds, rugueux ; les murs sont du béton nu. On s'éloigne du centre du complexe et le tumulte ne parvient plus qu'atténué. Pourtant, Axe n'arrive toujours pas à réfléchir : la puissance démentielle dégagée par Faon en pleine dilatation le bombarde sans arrêt. Il sait qu'elle souffre, que son pouvoir et sa rage se combinent et se démultiplient. Il a mal au ventre : sa sœur est partie. Vivante encore, mais partie. Irrécupérable.

Il avait raison : c'est bien au garage des personnalités qu'on l'a mené. Ils viennent de déboucher dans une espèce de hangar sombre où s'alignent les voitures de luxe et les camions blindés. Il y a une grande rampe, au loin : la voie qui monte vers la sortie, sans aucun doute.

Personne ne les attend, à part le lieutenant sans doute en charge de l'escorter jusqu'au point de ralliement. Les autres V.I.P. ne sont pas encore sur place, ou plus vraisemblablement ont filé les premières. Malgré la situation, Axe lorgne sur une somptueuse voiture noire avec les yeux d'un gosse qui voit pour la première fois une ligne élégante. Mais ce n'est pas à elle qu'on le conduit. La remorque d'un camion est ouverte et on le hisse si vigoureusement sur les trois marches de métal qu'il les effleure à peine.

À l'intérieur, scellé par de grosses vis, il n'y a qu'une espèce de caisson bas et oblong, comme un cercueil effilé. Il est relié par un foisonnement de câbles et de tuyaux à des générateurs, des consoles, des écrans, toutes les machines aux fonctionnalités obscures qui encombrent la remorque. Axe n'a jamais rien vu de tel.

Il est impressionné, mais pas inquiet. Il a confiance : il n'est pas sa sœur, après tout, il n'est pas en rébellion contre le centre. Le complexe n'est pas son foyer ni les chercheurs sa famille, mais personne n'a de raison de lui être hostile.

La bière est ouverte, bien éclairée par le plafonnier. On tire Axe jusqu'à elle. Les flancs internes du caisson sont tapissés de circuits électroniques, mais il n'y a rien d'autre à l'intérieur. Sauf des courroies de cuir épais. Si l'on couche dedans un garçon de sa taille, les entraves sont disposées à hauteur des poignets et des chevilles.

C'est quand on soulève l'adolescent qu'il comprend brusquement. Il se met à hurler.

— NON ! ARRÊTEZ !

Il essaie de se débattre, mais les deux soldats ont une poigne de fer. Le lieutenant l'a pris aux pieds et l'empêche de ruer. Personne ne lui dit rien. Il a toujours un canon dirigé vers le crâne, mais il ne pense même pas à utiliser ses pouvoirs. Il est totalement possédé par la panique, complètement inhibé par les prodigieuses pulsations de Faon. Il a l'impression qu'on va l'emmurer vivant. Il lutte de toutes ses forces, avec l'énergie du désespoir. Mais il n'est pas de taille.

— Arrêtez ! Je suis pas elle ! Je suis pas Faon ! Je veux pas me battre contre vous, je l'ai jamais fait, je le ferai jamais !

En dépit de ses ruades, il se sent abaissé dans le cercueil. La poigne des soldats sur ses bras et ses chevilles le comprime à lui faire mal. La terreur roule en lui comme un torrent – c'est à peine s'il arrive encore à parler. Il est fou, il ne s'entend même plus crier.

— Non ! Je... Je vous aiderai ! Ma sœur... Elle... Faon... Je peux lutter... Faon... contre elle, je peux ! J'peux lutter pour vous ! NON !

Il est au fond du caisson, maintenant. Le dernier soldat a rengainé son arme et n'essaie plus de l'en menacer. Il aide son officier et ses deux camarades à maintenir assez les membres en place pour que la boucle d'acier des courroies se referme. Axe se débat violemment. Il hurle à s'en déchirer les poumons. Son genou frappe la cloison hérissée de micro-circuits, mais il se rend à peine compte de la douleur. Sa gorge s'enflamme – il crie sans discontinuer. Un effort dément lui permet d'arracher son pied droit au lieutenant, mais la poigne de l'homme se rabat aussitôt sur sa cheville, comme une presse.

— Non ! Je... Je... vous supplie ! NON !

Il est totalement ligoté. Il rue toujours, mais toute son énergie se perd dans une lutte inutile. Les entraves le maintiennent comme des étaux. À demi délirant, il voit l'officier faire signe aux soldats de reculer, puis approcher d'une console et enfoncer un bouton. Dans un froissement de métal, le couvercle du cercueil commence à se rabattre sur lui. Le corps d'Axe est déjà immobilisé par les garrots de cuir ; dans une seconde, il sera muré dans un caveau de matériaux composites.

Le garçon hurle toujours quand le caisson de cryogénisation se referme sur lui.

4

L'hélicoptère m'a déposé sur le toit avant de repartir dare-dare. Leur précipitation m'a un peu fait rigoler, mais je leur en veux pas : d'abord, c'est moi qui leur ai dit de décaniller, et puis j'ai pas le temps de baby-sitter des amateurs. Parce que Faon, elle a su que j'avais mis le pied sur le complexe immédiatement et elle a dirigé tout ce qu'elle avait d'énergie sur son cher frangin. Heureusement que l'humanité entière est son ennemie, ça la contraint à disperser ses forces : je préfère pas penser à ce que je prendrais dans la figure si elle était pas occupée à canarder le reste du monde. N'empêche, même dans ces conditions, parer les projections qu'elle me balourde, ça me siphonne tout ce que j'ai.

Je suis battu par les vents et la pluie. Un peu des vrais, un peu des illusions. Mais la tempête fictive, je n'essaie pas de la neutraliser. C'est l'une de mes tactiques pour résister à la puissance de ma sœur : je ne combats que les projections périlleuses, celles qui attaquent mon imaginaire, qui fouaillent mon âme, qui peuvent m'agresser physiquement, m'égarer, me perdre dans ce dédale où j'ai vécu toute ma vie sans jamais l'explorer complètement. Enfin bref, je me protège contre ce qui est dangereux. Pour le reste, je subis sans moufter : je vais pas gaspiller mon énergie à repousser des rafales de pluie fictives juste parce que j'aime pas les vêtements trempés...

Le toit où je suis est crevé par des racines démesurées, d'un marron brun pas naturel pour deux ronds. Ça, c'est pas une illusion, j'en suis sûr, mais c'est pas normal pour autant. Je sais pas ce qui se passe, là-dedans, mais ça doit pas être bio. En tout cas, c'est pratique. Ça fait genre le haricot géant, cette espèce de tronc, c'est plein de nœuds et de branches où je peux poser le pied pour descendre. Y a pas beaucoup de place et je sens bien un morceau de béton cranté par l'effondrement qui me mord le dos, mais bon, ça passe. Je me râpe un peu les mains, aussi, pas de quoi en faire un plat : je suis pas pianiste, et même si je l'étais, y a des chances que je sois mort avant d'avoir eu le temps de me remettre aux barcarolles de Fauré.

Le couloir dans lequel je débouche me paraît calme, comparé à l'extérieur. Déjà, c'est sec et la pluie ça va bien cinq minutes. Y a des plantes cheloues à droite à gauche, incrustées dans les murs, pour le reste c'est bien un étage du centre, comme dans mes souvenirs : fonctionnel, scientifique, sympathique comme un documentaire sur les mygales. Je suis un peu perdu, à dire vrai. Vu les circonstances, on peut pas m'en vouloir. Je sais pas si j'ai déjà parcouru ce corridor en particulier : ils sont tous pareils. J'en ai jamais vu un aussi désert, même de nuit, même les jours de fête où les gens qui sont pas des mutants ont le droit de retourner dans leur famille. Ou le devoir, je sais pas trop. En tout cas, aujourd'hui, y a personne, ici. D'anciennes ampoules crépitent, ça fait des bribes de lumière brune. Apparemment y a encore des générateurs qui marchent, mais les lampes ont quand même du mal : je vois des arcs électriques qui jaillissent de temps en temps, ça bleuit tout une seconde. Le cliché de folie ! Plus centre de recherche fantôme, tu meurs. Dans mon cas, littéralement, y a des chances.

En gros, je progresse sans problème. Y a ces plantes zarbies avec d'énormes racines noires et des fruits que je goûterais pas même si j'avais la mégadalle, des objets abandonnés un peu partout dans ce qui a dû être l'évacuation la plus paniquée depuis la chute de Saïgon, des bouts de plafond ouverts qui laissent tomber des fils électriques et des câbles : ça fait des lianes artificielles qui se mêlent aux vraies feuilles mutantes.

Enfin, moi, les trucs mutants, y a pas de raison que ça me dégoûte.

Ma sœur cherche un angle d'attaque. Je m'en rends bien compte. Elle voit que je parviens tant bien que mal à repousser toutes les formes d'illusions qu'elle façonne. Du coup, elle continue de m'en envoyer constamment, pour me fatiguer (mauvais calcul : ça m'évite de baisser ma garde, au contraire) et elle se demande quelle offensive lui permettra de me submerger. Ou alors elle sait qu'elle risque rien et elle joue. C'est plus vraiment elle. Ça fait si longtemps que c'est plus vraiment elle…

Je crois que j'ai repéré où je suis, à présent. Dans l'aile des labos médicaux de base. Pas ceux des tests les plus avant-gardistes, non, ceux où ils nous faisaient des prises de sang, où ils vérifiaient notre poids et notre taille tous les mois, où ils nous faisaient courir comme des cochons d'Inde sur des tapis roulants. Enfin, je crois que je suis là, j'ai parfois un doute : ça a drôlement changé, c'est à moitié une forêt vierge, c'est crevassé par des végétaux torturés et dallé d'éboulis. Et puis y a cette saleté d'éclairage clignotant qui plonge toujours tout dans une espèce de pénombre strobo-scopique.

D'après ce que m'a dit le lieutenant Machin, quand tout est parti en sucette, Faon était ligotée à une chaise d'expéri-mentation dans une des salles de recherches ultrasecrètes, tout en bas. Je doute que les ascenseurs fonctionnent encore et de toute façon j'ai aucune envie de me retrouver dans un de ces machins sans savoir qui les contrôle. Dans un escalier, c'est moi qui décide si je monte ou si je descends et les marches, ça tombe pas en panne entre deux étages. J'aime autant.

Même les cages d'escalier ont muté, comme tout le reste de cette saleté de complexe. On voit le béton sous la mousse, mais c'est trop mou sous mes pieds pour être honnête. Là aussi, les murs sont lézardés par des espèces de lianes souples qui font joujou avec les tuyauteries et traversent de part en part les extincteurs. C'est très bizarre et pas très sym-pa : j'ai l'impression d'explorer, mille ans après son crash, un immense vaisseau spatial qui s'est écrasé dans une jungle vi-goureuse. Enfin bon, c'est peut-être pas les Tuileries, mais je descends. Je m'approche. Je sais que je m'approche, parce que ma grande sœur me bombarde d'images de plus en plus violentes, de plus en plus nombreuses. Ça m'agresse constamment : des ombres, des formes, des trucs inquiétants qui amplifient non la peur de mourir ou d'avoir mal, mais des terreurs bien plus personnelles, beaucoup plus pro-fondes, tout au fond de moi. Et je dois parer tout ça, en per-manence, en contrebraquant à grands coups de déflagrations mentales qui annihilent ces saloperies de spectres. Elle est beaucoup plus forte que moi. Ça m'épuise. Mais je le savais avant de venir, ça me prend pas par surprise. Et comme je sais que je m'en sortirai pas, je mets la sauce pour la contrer. Je ne garde rien, je n'économise rien, aucune réserve pour le retour : y aura pas de retour. Je donne tout en permanence. J'avance.

Et soudain, le silence.

Pas un silence pour les oreilles, je veux dire plus d'imageries folles lancées contre moi, plus d'offensive mentale à écarter pour ramper une tranchée plus loin. Le silence, c'est à l'intérieur. Faon a cessé d'utiliser tous ses pouvoirs pour me stopper.

Une seconde, j'en reste tétanisé. Je suis là, bêtement, sur le palier du deuxième sous-sol, dans ce grand calme inattendu – je suis paralysé alors qu'aucune des illusions conçues par l'esprit dément de ma sœur n'avait réussi à me déstabiliser. Je respire plus librement, soulagé, comme si j'étais soudain dehors, sous un soleil printanier avec des petits zoziaux qui chantent et la brise sylvestre et toutes ces conneries. Je suis bien, alors que j'approche du palier où se trouve le cœur de l'empire ennemi. Pas normal.

Et puis je comprends.

Y a le danger des images projetées par ma sœur, ouais, mais y a pas que ça de périlleux, dans le centre de recherche. J'ignore pourquoi la végétation a poussé si vite, si énorme, si mutée, tellement colossale que les arbres ont l'air de défoncer les murs de béton depuis des siècles. Je sais pas à quoi c'est dû, cette croissance démentielle de la jungle mutante, mais elle est bien réelle. C'est pas une projection cérébrale, quant à elle.

Et c'est là-dessus que Faon compte pour m'arrêter. C'est fendard, quand on y pense. Je me suis préparé comme un malade à me battre contre toutes les formes d'agressions psychiques, contre des torrents de cauchemars, contre des armées de spectres, je suis venu bien concentré, bon petit soldat mental paré pour les luttes esprit contre esprit.

Et ce qui va m'arrêter, ce qui va me tuer, ce sera un truc bien réel, bien physique. Poilant, non ? C'est que dans la jungle, y a pas que des lianes et des noix de coco. Y a des animaux aussi. Et ici, sans doute des animaux aussi mutants que les arbres et les fruits géants qui m'entourent.

Vous savez comment j'ai fini par comprendre le plan de ma sœur ?

Je viens d'entendre un rugissement.

* * *

Les pilotes fonçaient au ras des arbres avec une virtuosité folle qui impressionnait Lucas. Faon les avait lâchés depuis qu'Axe avait mis le pied sur le toit du complexe, mais il restait la nuit et la tempête, les bourrasques et les crêtes soudaines qui jaillissaient de l'obscurité battue par la pluie.

Ça ne servait sans doute à rien de voler comme ça, à en frôler la canopée. Si l'envie reprenait Faon de leur jeter dans les pales de nouvelles chimères, elle saurait les localiser où qu'ils soient, quoi qu'ils fassent. Mais ce n'était pas une raison pour dissuader des pilotes de combat de se conduire en soldat : c'était la guerre. Ils avaient leur destination et, du moment qu'ils l'atteignaient, le lieutenant n'avait rien contre la vitesse et les rase-mottes. Au pire, ça fouettait le sang.

Il ne cessait de penser au jeune garçon. Sa terreur, son courage instinctif dopé par le violent désir de se venger de sa sœur, ses chances de succès. Lucas enrageait d'être coincé là, inutile, dans l'appareil qui crevait la nuit. Ignorer si Axe avait survécu et continuait de progresser ou s'il gisait déjà dans son sang, c'était insupportable.

C'est pour ça, du reste, qu'il avait changé le plan de vol. Comme le garçon lui avait interdit de débarquer avec lui, il avait d'abord envisagé de le larguer puis d'atterrir dans la cour du centre, prêt à intervenir en cas de besoin. Mais ça n'avait aucun sens. On ne peut pas exfiltrer un soldat quand on ne sait pas ce qui lui arrive.

Un soldat ! Un enfant de troupe...

Il y avait plus intelligent à faire que de se poser à trente mètres du complexe, à portée directe des pouvoirs de Faon. À 20 kilomètres au sud, personne n'avait jamais démantelé l'ancien centre de surveillance. Le monde était plongé dans un cauchemar permanent, une guerre totale que l'humanité perdait : les postes militaires en territoire ennemi, on les abandonnait et on n'y pensait plus. Mais Lucas avait étudié toutes les archives qui concernaient Faon et son frère. Il connaissait l'existence de ce bâtiment et il avait immédiatement compris l'avantage qu'il pourrait en tirer.

Les deux pilotes étaient comme la plupart des soldats encore vivants : aguerris et assez désespérés pour n'avoir peur de rien. Il avait suffi au lieutenant d'expliquer son plan et ils avaient accepté sans sourciller de braver l'ouragan.

Malgré la pénombre de cataclysme, ils trouvèrent sans mal la clairière où était bétonnée l'entrée du poste de contrôle : c'était la seule trouée au cœur de ces ténèbres végétales. L'hélicoptère se posa. L'officier fit signe aux pilotes de le suivre. Ils obéirent presque à regret : ils volaient depuis si longtemps dans ces conditions d'Apocalypse qu'ils ne se sentaient plus chez eux qu'aux commandes.

Les archives contenaient les codes de la serrure électronique. Lucas les avait mémorisés.

Ils étaient toujours valides.

Ça n'avait rien d'étonnant : comme tout à cent kilomètres à la ronde, ce poste avait été évacué d'urgence quand Faon avait échappé à tout contrôle. Mais en voyant la porte d'acier s'ouvrir, Lucas éprouva un soulagement extraordinaire : la région semblait désormais ravagée en permanence par des trombes d'eau et des ouragans sans fin, comme si l'énergie de soleil en fusion dégagée par la mutante déréglait le climat et déchaînait les météores les plus cataclysmiques – mais les circuits internes isolés, calfeutrés et blindés du bâtiment avaient résisté.

Les lumières s'allumèrent automatiquement lorsque les trois hommes s'engouffrèrent dans l'abri. Ils dévalèrent l'escalier de fer devant eux et débouchèrent sur la pièce unique du centre de contrôle : une rotonde dont l'interminable suite de consoles et de pupitres alimentait un gigantesque mur d'écrans. Cette salle aussi s'était activée d'elle-même à l'entrée des trois soldats. Sans qu'ils aient besoin de tâtonner dans les curseurs et les boutons, les écrans s'allumèrent. Sur ceux du bas défilaient des chiffres et des données plus ou moins incompréhensibles – la seule chose que n'importe qui aurait saisie d'un coup d'œil, c'est que toutes les courbes crevaient leurs plafonds et que les voyants d'alerte clignotaient frénétiquement. Pour le reste, jusqu'en haut, les moniteurs affichaient des vues de caméra.

Le centre de recherches.

— Passez tous les écrans en revue ! ordonna Lucas. Il faut trouver le gosse !

66

En haute définition, tout le complexe apparaissait dans le foisonnement de sa jungle folle, de ses plantes éclatant les bétons, des racines qui étoilaient les murs comme un réseau hydrographique. Les ampoules agonisantes baignaient cette forêt de lueurs mouvantes. Individuellement, chaque couloir, chaque pièce où s'imbriquait cette harmonie forcée et pourtant fusionnelle de bâtis humains et de sylve mutante avait quelque chose d'halluciné. Mais l'impression glaçante était démultipliée par l'alignement géométrique des moniteurs qui affichait simultanément, sous tous les angles, les moindres recoins du complexe. Les sas magnétiques, les corridors, la moquette élégante des salles de détente, les laboratoires de haute technologie s'incorporaient à la grande forêt primordiale des commencements du monde.

— Là ! hurla le copilote.

Il montrait du doigt une caméra du premier sous-sol. Reculant lentement, la silhouette mince du gosse en combinaison jaune se détachait à côté d'un demi-tronc de séquoia encastré dans le mur. Il fixait quelque chose droit devant lui, quelque chose qui le terrifiait visiblement, mais à quoi il craignait de tourner le dos pour fuir. Il manqua de buter du talon sur une racine, se récupéra à l'instinct, le regard toujours pointé devant lui.

— Mais… Qu'est-ce que c'est que ce truc ? fit le pilote à mi-voix.

Dépassant le tronc à son tour, un haut félin cuivre suivait le chemin sur lequel Axe reculait. Il avançait avec élasticité, la tête souple sous le niveau des omoplates dans la posture du prédateur qui étudie l'ennemi inconnu avant de bondir à l'éventration.

— Un smilodon, répondit Lucas sur le même ton.

— Un… Quoi ?

— Un tigre à dents de sabre.

* * *

Il est énorme. Il a ces yeux verts, brillants comme des saphirs ou… des diamants, enfin ce genre de trucs, mais en vert. Il n'a qu'un bond à faire pour m'écraser de sa demi-tonne et m'égorger et moi je peux rien faire pour me défendre. Même avec un fusil, je ne suis pas sûr que j'aurais le temps d'épauler avant de me le prendre sur le paletot, alors, à mains nues… J'ai été trop bête aussi. M'enferrer dans ce préjugé qu'ici je n'aurais à affronter que Faon. Je vais crever comme un imbécile et je l'aurai bien mérité.

Ma seule chance, bien sûr, c'est mon pouvoir. J'arrive pas à m'y résoudre, parce que je ne subis plus d'attaque de ma sœur pour le moment, mais si je détourne la moindre parcelle de mes efforts de défense mentale pour me débarrasser du gros chat, elle risque d'en profiter pour lancer son assaut, balayer tous mes boucliers, s'introduire dans mon esprit et s'en donner à cœur joie. Et je préfère mourir dévoré vif par ce machin que saccagé de l'intérieur par Faon.

Mais j'ai pas le choix. Si je transforme pas le matou en végétarien, je vais clamecer dans trente secondes.

Je pénètre dans la tête du tigre.

C'est un tel choc que j'en perds le souffle. J'ai l'habitude d'entrer dans les pensées des humains, j'ai fait ça mille fois, on m'a dressé à le faire. C'est parfois confus, la caboche des hommes, mais je m'y retrouve, parce que ça cogite toujours. Même les boues de l'inconscient, même les pulsions et les instincts, même les machins qu'ils comprennent pas eux-mêmes ou qu'ils essaient d'oublier, c'est lié à leur raison. Ça a des noms, c'est des concepts, c'est des images et des souvenirs, c'est des trucs que leur cerveau d'humain met en forme malgré eux. C'est des bidules que je capte parce que je suis comme eux et j'ai appris à me balader là-dedans comme au Luco un matin de printemps. Même les vétérans des commandos, je pouvais me promener dans leur subconscient et en ressortir en rigolant.

Mais le bestiau, là, c'est différent. Je sais même pas comment le décrire. Il est pire à l'intérieur que dehors, et pourtant il me fout les jetons avec ses quenottes de trente centimètres et ses griffes à éventrer un porte-avions. Y a rien d'organisé, là-dedans. Ou plutôt, rien d'organisé comme nous. Parce que c'est pas le chaos, au contraire, c'est tranchant et froid comme... comme un machin très tranchant et très froid. Il n'a qu'un but, qu'une fixation : moi. Rien d'autre. Qu'il y ait pas de place dans sa caboche pour deux idées à la fois, c'est peut-être la preuve qu'il est complètement débile, mais c'est aussi terrifiant. J'ai rencontré quelques beaux spécimens de têtes dures, quand les savants m'exerçaient à l'infiltration mentale sur les soldats du centre. Jamais une détermination pareille, une telle focalisation sur un objectif unique, sur une cible. Ça me pétrifie. Et elle a des couleurs, cette obsession, elle est torsadée dans un torrent de violence canalisée, de brutalité maîtrisée, dans un kaléidoscope de souvenirs bruts (d'autres chasses, d'autres tueries, du sang, des cadavres, du sang, du sang partout). Entrer dans un esprit comme celui-là quand on est un homme, c'est se retrouver brusquement seul et nu comme un Néandertalien dans une nuit sans étoile, perdu dans une forêt barbare peuplée de monstres et de dieux cruels. Jamais de ma vie, jamais, même quand on m'a attaché dans mon caisson d'hibernation, je n'ai si clairement réalisé que j'étais une carcasse frêle conçue pour être broyée.

Ce qui me sauve sans doute, c'est que la bête a perçu l'intrusion dans sa tête. À sa manière, elle est aussi déstabilisée que moi. Elle non plus, elle ne saisit pas cette différence radicale entre nos esprits. Elle a assez d'instinct pour sentir que je fouille dans son cerveau, mais elle ne comprend pas ce qu'elle sent et elle hésite. C'est ma seconde de répit. La seconde pendant laquelle je dois inventer une arme qui marchera sur cette masse de muscles irriguée par l'animalité brute. Un homme, c'est facile. D'abord, y a nos peurs universelles : projetez à n'importe quel humain l'image d'un loup-garou et vous verrez s'il écoute sa raison qui lui dit que c'est impossible ou s'il file comme un marmot. Et puis vous pouvez raffiner, vous infiltrer dans son subconscient, extirper ce qui lui fout les jetons, à lui, lui spécifiquement, depuis les nuits de son enfance, et transformer ça en cauchemar vivant pour son bénéfice exclusif. Mais un tigre préhistorique ? Un machin qui perçoit le monde comme un rapport de force, qui est strictement proie ou prédateur (enfin, dans son cas, presque toujours prédateur), qui n'a « ni angoisse surnaturelle ni incertitude métaphysique », comme disaient les toubibs quand j'étais cobaye ? Vous lui envoyez quoi pour lui faire pleurer sa mère ? Un fantôme sans tête ? Nosferatu ? Mister Babadook ? Il a pas peur du noir, le matou !

La force brute. Je vois rien d'autre. Quelque chose qui renverse la hiérarchie et le dégrade au rang de pâtée pour chien, comme je me sens en ce moment. Quelque chose de si gros, de si puissant, de si bruyant que, même s'il capte pas ce que c'est, ça lui tétanisera sa race.

Je lui envoie une locomotive.

Oh oui, je sais, c'est pas ce qu'on pouvait trouver de plus malin. Je suis sûr que dans un bon fauteuil, avec un petit whisky et un feu de cheminée, j'aurais eu le temps de trouver un machin qui déchire, trop la classe et tout et tout. Mais j'avais la trouille – et j'avais raison d'avoir la trouille. Parce que se sentir envahir de l'intérieur, le matou, ça l'avait calmé sur place, mais une seconde seulement. Aussitôt après, il se ramassait pour me bondir dessus. Sa philosophie, apparemment, c'est pas les ambassades ; les nouvelles civilisations et les échanges culturels il en a rien à battre : quand il comprend pas ce qui se passe, il écrase.

Mais il m'a pas sauté dessus. Brusquement, un truc auquel il a rien bité a fait éclater son monde limité mais intelligible et bien rangé. Dans son petit cerveau, les murs du complexe ont explosé ; les couloirs de béton encombrés par les arbres, les branches, les racines, les ressacs de mousse marron, tout s'est disloqué devant la course d'une locomotive folle lancée au maximum de sa vitesse. Pas un modèle réduit, hein. La vraie loco tout en muscles qui ressemble à un dragon, noire et luisante, le genre Pacific 231, fonçant si sauvagement qu'on ne voyait plus que des traits et une silhouette, comme sur les vieilles affiches. Un machin colossal auprès de quoi même lui avait l'air d'un minet à maman, rugissant de tout son charbon avec des hurlements de sifflets et des bielles cliquetant comme les os des morts pour la parade du Jugement dernier.

J'ignore ce qu'il a compris, le tigre. En tout cas, il a sursauté comme un chaton sur qui on lance de l'eau, il a poussé un râle à tuer les tympans, un truc qui lui venait du fond des tripes et qui m'a gelé jusqu'au sang. Et puis il a détalé comme un lapin.

Je sais pas ce que j'aurais dû ressentir. Du soulagement je crois, parce que le fauve avait décanillé et que ma sœur n'en avait pas profité pour m'attaquer. Un petit tremblement d'après-choc, genre je l'ai échappé belle et j'ai les jambes en coton. Et puis la trouille pour après, aussi. Parce que si je pouvais tomber sur un tigre préhistorique au détour d'un escalier, alors quoi ensuite ? Des mygales géantes ? Des bicycloraptors ? Sans compter que si je surmontais tous ces trucs-là, y avait Faon, encore, Faon qui ne se contenterait pas longtemps de me laisser jouer avec ses chiots de compagnie, Faon qui se préparait à décharger sur moi toute sa puissance.

Et pourtant je n'ai rien éprouvé de tout ça.

J'ai seulement senti la moutarde me monter au nez.

* * *

— Pourquoi il a filé, le tigre ? Il a pas eu peur du gamin, quand même ?

Les yeux toujours fixés sur les écrans de contrôle, les deux pilotes étaient stupéfaits. Ils avaient vu le smilodon se tasser, tous les muscles condensés pour jaillir et écraser l'enfant. Puis il avait fui comme devant une armée de spectres.

— Pas exactement. Le gosse l'a chassé comme sa sœur nous traque. Ça se passe à l'intérieur des têtes, tout ça. Ça ne se voit pas sur les écrans.

Lucas avait répondu machinalement. Quelque chose venait d'attirer son regard : un moniteur de la ligne inférieure, censé synthétiser des données, mais incapable d'afficher des courbes hystériques qui tressautaient comme une boussole démagnétisée, saturé de rouge incandescent comme si les informations qu'il recevait excédaient toutes ses capacités. Et quelque chose distinguait cet écran de données de tous les autres. Il n'était pas désigné par une suite alphanumérique. Quatre lettres étaient gravées au-dessus de lui.

FAON

Lucas approcha de la console qui correspondait. La configuration des voyants et des boutons lui était étrangère, mais elle était logique, ordonnée. Un potentiomètre était surmonté de multiplicateurs gravés dans le métal. Le psychologue le fit lentement tourner vers la gauche. Il perçut un court changement sur l'écran, comme si les données folles qui s'y agitaient avaient reçu une décharge électrique. Encouragé, il poursuivit la rotation. Des millions d'unités il passa aux centaines de milliers. Le moniteur était toujours saturé d'impulsions anarchiques, mais quelque chose semblait progressivement s'organiser : les crêtes ne crevaient plus systématiquement les limites, des chiffres apparaissaient brièvement pour fondre aussitôt dans le chaos, des indications géométriques incohérentes gonflaient avant d'exploser.

— Qu'est-ce que vous faites, mon lieutenant ?

En s'asseyant face à la console, Lucas avait attiré l'attention du pilote.

— Cet écran, là, au-dessus de moi, vous voyez ? Je pense qu'il affiche le déploiement d'énergie de Faon.

— Faon ? C'est qui, ça ?

— La mutante.

— Ça clignote comme un sapin de Noël, il marche pas, votre truc.

— C'est parce qu'il est saturé. Les données qu'il reçoit dépassent de loin ce qu'il est capable d'indiquer. Je crois qu'il est réglé pour surveiller les projections psychiques qu'émettait Faon *avant* qu'on perde le contrôle. Seulement si on a perdu le contrôle, c'est parce que sa puissance a explosé, justement, dans des proportions totalement démentes. Il faut recalibrer les capteurs.

— C'est pour ça, le bouton ?

— Oui, je baisse les unités de base. Si l'énergie de la mutante a était multipliée par mille, je dois diminuer les références de base par mille pour que ça s'affiche de nouveau. Sinon, c'est comme utiliser une loupe pour tenter de voir Proxima du Centaure.

— Et là, mon lieutenant, vous avez baissé de combien ?

— Dix millions.

— Dix mil… !

— Ça y est… Ça y est, regardez ! Ça se stabilise !

Le moniteur semblait soudain calmé. De grandes courbes régulières et fluides indiquaient maintenant l'énergie qui émanait de Faon en ondes mouvantes sur l'écran, comme un trait d'encre bleu dessiné au pinceau sur une page blanche. C'était le déploiement de puissance mentale constant de Faon, sa pulsation soutenue, continue, inépuisable.

Elle était trente-cinq millions de fois supérieure aux crêtes observées par les savants avant l'évacuation du centre de recherche.

Le copilote s'était approché à son tour. Aucun des trois soldats n'arrivait à le croire. Et ils savaient, pourtant. Ils avaient vécu la destruction du monde, par zones concentriques s'étendant depuis le complexe abandonné. Ils avaient lutté au milieu de cauchemars hystériques, combattu des hordes de chimères, subi jour après jour la croissance planétaire des attaques mentales. Mais le chiffre vertigineux donnait une réalité mathématique à ces ténèbres irréelles. Quelque chose qui permettait de soupeser. D'évaluer des chances, des probabilités.

— Le mutant... hasarda le pilote, gorge sèche. Le nôtre, je veux dire, le gosse... Il n'a aucune chance, hein ?

Lucas comprit que depuis le début de sa mission, contre toutes les évidences, contre tout ce que lui hurlait sa raison, il s'était accroché à l'espoir qu'Axe avait une carte à jouer, si ténue fût-elle. Mais il avait une preuve, maintenant. Une démonstration chiffrée.

— Non, répondit-il d'un ton rauque ; il n'a aucune chance.

* * *

Je ne sais pas pourquoi Faon n'attaque pas. Pourtant j'ai trouvé le truc avec les animaux, maintenant. Je fais le vide devant moi. Je me suis adapté rapidement à leur forme particulière d'intelligence et je ne tente plus de leur opposer des locomotives ou des tractopelles. Je les bombarde de sensations nettement plus abstraites et primitives : pour faire simple, la peur d'être la proie. Les pauvres bêtes, le temps qu'elles passent pas à chercher de quoi se nourrir, elles le passent à fuir de plus gros mangeurs qu'elles. Il me suffit de m'entourer d'un halo psychique signifiant que c'est moi, le sommet de la chaîne alimentaire, et tout le monde calte devant mes pas.

Mais comme je continue ma route, maintenant que plus un fauve ne me retient, je comprends pas l'inaction de ma sœur. J'ai encore descendu un niveau et j'approche de la salle d'où elle contrôle tout. Alors elle devrait se battre pour m'arrêter, non ? Et je ne perçois rien. Seulement le pouls sourd, à grandes ondes graves, de l'énergie qui pulse d'elle en permanence. J'espère seulement qu'elle est pas en train de charger ses accus, tout simplement. En train d'accumuler de la puissance pour tout me jeter dessus d'un coup. Ce serait de l'esbroufe, on n'a pas besoin d'un bombardier pour écraser un cancrelat. Le truc crétin, c'est que ne plus la sentir du tout est plus inquiétant que devoir parer ses attaques. Ma moutarde au nez de tout à l'heure s'est bien dégonflée. J'ai pas l'air comme ça, mais j'ai la trouille. Personne peut savoir à quel point j'ai la trouille.

J'ai les oreilles bien ouvertes, respiration contrôlée pour ne pas être gêné par le son de mon propre souffle, quand je débouche au dernier sous-sol. Je suis au même niveau que Faon désormais. Je n'y suis jamais venu : du temps que nous vivions ici, j'étais cantonné à l'étage des sous-fifres, le département dédié à l'étude des plus puissantes mutations c'était seulement pour elle. Mais je ne risque pas de me perdre : devant moi, en longue ligne droite vers le labo central, s'ouvre un haut corridor, genre couloir de métro. Il est aussi délabré que si on l'avait abandonné pendant un siècle, mal éclairé par d'anciens plafonniers hésitants, rongé par une mousse dure, épineuse et par des plantes de bayou. Une végétation humide et moite, imposante, plonge ses racines dans les profondeurs de l'eau.

Le tunnel est inondé.

Mon escalier descend droit dans une eau vive, presque limpide, opacifiée seulement par la faible luminosité. Il doit rester deux mètres d'air entre la surface et le plafond voûté.

Tout au fond, les marches remontent à l'air libre. Entre nous, un lac intérieur que je vais devoir franchir à la nage. Mon cœur bat plus vite. Il ne devrait pas. J'ai fait beaucoup de natation, pendant mes années d'enfermement, je risque pas de me noyer et je ne crains plus les animaux – même s'il y avait des requins, là-dedans, je leur foutrais la trouille comme aux autres. Je ne devrais pas avoir peur comme ça. Alors pourquoi cette sensation d'angoisse irrationnelle, entêtante, qui me donne envie de tourner les talons et de m'enfuir à toute jambe ?

Faon. C'est Faon, bien sûr. Elle est si puissante, je suis si proche de son antre, qu'elle peut désormais s'insinuer en moi sans que je m'en rende compte, sans que les signaux habituels m'indiquent qu'elle est en train de violer mon subconscient. Elle n'a pas renoncé à m'attaquer. Mais maintenant, elle en est capable sans que je la repère.

De l'avoir compris fait un peu chuter la tension. J'en profite pour dresser autour de moi une protection mentale un peu au pif, puisque j'ignore comment elle m'infiltre, mais avec toute ma concentration. Je retrouve assez de sang-froid pour sortir de ma tétanie. Je me déchausse. J'hésite une seconde et je garde ma combinaison : je préfère être alourdi dans le bassin que finir la guerre en boxer de l'administration pénitentiaire. Je m'immerge. C'est presque chaud, bien tiède en tout cas, une espèce d'eau de source thermale ou un truc comme ça, j'y connais rien, à ces machins – je sais même pas d'où elle peut venir. Je me pousse du pied et je commence à nager. En brasse d'abord, bien sous le niveau, ça me permet de mieux contrôler la fluidité de ma progression. Je ne remonte que peu respirer en surface, j'ai de bons poumons, je me concentre surtout sur ce que je peux voir autour de moi. L'eau est sombre, mais mes yeux s'habituent à la faible luminosité. J'aperçois maintenant les murs du corridor, à droite et à gauche, les racines encastrées dans le béton qui descendent vers le sol et le craquellent, les minuscules poissons qui ne vont nulle part en bancs, les résidus de végétaux en décomposition qui pourtant ne stagnent pas : il y a un courant assez fort – malheureusement, il me fait face et je dois le combattre. L'extrémité est encore trop loin pour que je la distingue. Je ne vois rien d'inquiétant, je progresse bien, sans à-coups.

Mais je n'arrive pas à secouer l'impression de danger. En dépit de mes efforts, j'ai de plus en plus de mal à repousser cette angoisse qui devient violente, d'autant plus intense qu'abstraite, cette peur impersonnelle et instinctive qui doit être encodée en moi depuis le fond des temps. Le genre de peur qui donne envie de presser le pas dans les nuits les plus calmes ou de se retourner pour voir quel monstre nous suit. Le pouvoir qu'exerce Faon sur mes terreurs les plus enfouies augmente à chaque seconde. Il faut que je lui résiste. Si je la laisse me paniquer, j'y perdrai les infimes protections qui me cuirassent encore. Résister. Refuser de céder aux réflexes de l'angoisse, à l'impulsion de pivoter parce qu'un pressentiment absurde dresse mes cheveux sur ma nuque.

Je cède. Je me retourne.

Ils sont deux derrière moi.

Je sais pas ce que c'est. Deux silhouettes encore lointaines, indiscernables dans l'eau qui diffracte mal les éclairages instables. Grandes, ma taille au moins, vaguement humanoïdes je crois, nageant avec une aisance d'animal amphibie. Elles me traquent, pas le moindre doute. En suspension, malgré l'air rare dans mes poumons, je me concentre pour leur balancer la plus puissante décharge de terreur brute dont je suis capable.

Je sens que mon attaque est détruite avant d'avoir eu le temps de les atteindre. C'est si net que j'ai presque l'impression de *voir* ma projection se fracasser sur un bouclier.

C'est donc ça, la nouvelle tactique de ma sœur. Puisqu'elle m'a vu transformer les pires fauves en chatons apeurés, elle a attendu que j'entre dans l'eau, diminué par le manque d'air, la vision opaque, l'élément liquide et elle m'a lancé deux autres prédateurs aux trousses – deux chasseurs que, cette fois, elle protège contre mes images mentales comme je protégeais tout à l'heure l'hélicoptère contre les siennes. En longues poussées fluides, les deux bêtes se rapprochent de moi, insensibles à mes pouvoirs psychiques. Elles émergent progressivement du flou, viennent vers moi sans précipitation, avec le grand calme du squale qui ne peut pas rater sa proie. Je distingue une tête un peu aplatie, simiesque et dure, avec des yeux presque phosphorescents dans les éclairages bruns, un corps musculeux comme celui d'un gorille, mais affiné pour l'hydrodynamisme, des pattes griffues, sûrement palmées, et une queue de loutre qui balance pour l'équilibre.

Je me reprends. J'essaie plus d'arrêter les chimères avec mes décharges mentales inutiles. Je crève la surface et je me lance dans un crawl de compétition. Je mesure mécaniquement mes gestes, mes respirations, mes battements de pieds – comme mon instructeur m'y avait entraîné. Ça m'aide à retrouver mes réflexes de jeune nageur qui adorait se perdre dans la vitesse pure. Ça m'aide à contrôler ma panique, aussi. Le bout du couloir est encore loin, j'ai à peine atteint la moitié du parcours. Saleté de combinaison, lourde d'eau, j'aurais mieux fait de l'enlever au bout du compte. De temps en temps, je jette un coup d'œil sous le bras que je lève. Je ne distingue pas clairement les deux bêtes : elles ont grimpé des profondeurs, elles aussi, mais elles ne foncent pas sur la surface, comme moi, elles la rasent par en dessous. C'est assez pour que j'évalue la distance qui nous sépare.

Elles me remontent. Vite. Sans forcer.

J'essaie de penser, mais ça risque pas de m'aider, ma situation n'offre aucune prise. Je me fais rattraper, nu et sans arme, par des prédateurs marins à corps mêlé de grand singe et de loutre carnassière. Je ne peux ni leur échapper ni les vaincre. Même sur la terre ferme, je serais impuissant, et là je suis dans leur élément. Je n'ai qu'un seul atout, mon pouvoir psychique, et il est inutile face à eux. Et je peux quand même pas m'en servir sur moi !

C'est comme une décharge électrique.

Ce que je viens d'avoir, c'est une de ses pensées élémentaires qui ne vous sont jamais venues alors qu'elles sont évidentes, parce que vous êtes formaté à réfléchir autrement, parce qu'il n'y a aucun interstice dans votre mur de certitudes pour laisser passer une idée iconoclaste. Depuis que je suis tout petit, mon instinct, ma formation, tous les tests que j'ai subis et les conditionnements qu'on m'a infligés ne fonctionnaient que dans un sens : la projection vers les autres. Rentrer dans le cerveau des gusses en face de moi pour leur imposer mes images. Donner forme à ces illusions au point qu'elles en deviennent physiques pour mes interlocuteurs, qu'ils respirent le parfum de mes fleurs imaginaires, sentent mes rafales, le choc d'une boule de neige fictive lancée en plein été. Mais tester sur moi mes propres pouvoirs de suggestion et de polymérisation des songes, ça ne m'a jamais traversé l'esprit, et pas davantage celui de ces types qui passaient leur vie à me relier à des électrodes et des capteurs d'ondes.

En plein crawl (je n'ai pas ralenti pendant que cette illumination me brûlait le corps), je jette encore un coup d'œil sous mon aisselle. Les machins ont réduit leur retard. Ils sont à dix mètres derrière moi. Il n'y a que sur cent mètres plat que je pourrais les distancer. Dans l'eau, aucune chance.

Maintenant ou jamais. Je focalise toute ma puissance et je lance *sur moi* une image. Une seconde, je suis totalement désorienté – j'en perds le rythme de mes battements de pieds et je bois une tasse tiède. Je sais pourtant ce que ça fait d'être soumis à nos pouvoirs de mutants : on a joué à échanger des illusions pendant des années, Faon et moi, jusqu'à ce qu'elle devienne foldingue, et depuis que le psy m'a sorti d'hibernation je suis entouré en permanence par l'énergie mentale de ma sœur. Mais là c'est autre chose : appliqué sur moi, mon pouvoir ne se dilue dans aucune projection tierce, ne se perd dans aucun esprit intermédiaire. Son effet direct est extraordinaire, délirant.

Et ça marche.

Une piste s'est matérialisée devant moi. Une vraie piste de course en brique pilée, solide et droite vers l'escalier. J'ai beau savoir que c'est une illusion que j'ai créée, ça ne change rien à la prodigieuse réalité qu'elle a pour moi. Une exaltation me réchauffe le corps. De la main je touche le revêtement rouge, je le sens doux et un peu rugueux sous ma paume. Les loutres carnivores foncent toujours sur moi, alors je prends vite appui des deux poings et je me hisse sur la surface solide. Ça marche. Ça marche ! Je peux être la cible de mon propre pouvoir. Mes propres images s'imposent à moi : formes, éclats, couleurs, substance. Je suis debout sur le sol dur, j'en ressens parfaitement la texture et la tiédeur sous mes pieds nus.

Je m'élance. Je n'étais pas aussi bon coureur que nageur, mais la terre ferme, c'est mon élément.

J'ai perdu du temps pour grimper sur ma piste d'athlétisme, les deux loutres-gorilles étaient à ma hauteur quand j'ai commencé mon cent mètres. Elles ne comprennent pas ce qui vient de se passer, j'en suis sûr. Protégées par Faon contre mon influence mentale, elles ne voient pas ma projection. Je peux pas retenir un petit rire sauvage : elles doivent se demander comment je fais pour courir sur l'eau. Mais elles n'hésitent pas longtemps et accélèrent à mes trousses, de toute leur vitesse cette fois – elles flairent que quelque chose n'est pas normal et que leur proie a brusquement une chance. Elles sont rapides. Elles nagent comme des torpilles. Mais je suis pas seulement un garçon sportif : l'arme inattendue que je viens de me découvrir me dope. L'adrénaline dévale mes veines, je me sens des forces inépuisables, des réserves d'énergie sans fin. J'allonge la foulée, puise dans des ressources que je me connaissais pas. J'en ai la tête qui tourne, je me rends même compte que c'est dangereux : je suis grisé, drogué, et la descente sera dure. Tant pis, pour l'instant, ça me permet d'atteindre une vitesse de course que je n'ai jamais atteinte – en même temps qu'une euphorie absurde. Je vais passer le mur du son.

Les torpilles me lâchent pas. Elles aussi donnent tout ce qu'elles peuvent. Mais elles ne gagnent plus sur moi. Elles ont toujours trois mètres de retard qu'elles parviennent plus à combler. Je vois l'escalier et la porte de sortie, en face de moi, approcher rapidement. Mon coup de fouet passe déjà :

je m'en doutais, un second souffle comme ça, ça dure pas des plombes et je sens l'épuisement me reprendre, avec elle la trouille et ce nœud à l'estomac qui me donne presque envie de pleurer. Allez, mon gars, encore dix mètres, vas-y, tu vas pas caler maintenant.

L'une des deux loutres-bonobos a l'air bien vénère. Je devine qu'elle s'arrache les tripes pour m'avoir quand même et moi je fatigue. C'est trop bête ! L'arrivée est à portée, j'en ai plus que pour deux secondes. Mais même si j'atteins l'escalier, elle me lâchera pas, l'autre, j'en suis sûr, elle me suivra jusqu'en enfer. D'une manière ou d'une autre, il va falloir que je la combatte.

Je sais que je vais me faire salement mal, mais j'ai pas le choix. Je ralentis pas. Je profite de tout mon élan pour m'écraser sur le mur, coude en avant. Je ressens une décharge électrique dans tout le corps, mais ça suffit à faire exploser le verre protecteur de la hache d'incendie, à côté de la porte. J'ai failli manquer le manche, mais in extremis je referme le poing dessus et je pivote sur le talon. Le prédateur mutant a jailli de l'eau de toute la puissance de ses muscles, c'est presque beau – mais c'est effrayant, c'est comme une orque qui se dresse dans une gerbe d'écume, gueule ouverte, et qui retombe pour vous cisailler à la taille. J'ajuste la trajectoire et je place la deuxième main sur le manche pour affermir la prise. Avant que la bête ne plonge sur moi, la lame frappe le cou, crève le cuir, mord la chair, ébarbe les organes. Je me mets à hurler, je sais pas pourquoi, comme ça, parce que je sauve ma peau en tuant un monstre et parce que dans ces cas-là on crie de rage et de trouille et d'énergie et de dégoût. La hache est allée jusqu'au bout, la tête vole et des giclures de sang m'éclaboussent visage, cheveux et torse pendant que le cadavre décapité retombe lourdement dans l'eau.

Le deuxième mutant se dresse à son tour. À demi, seulement. Pas si fier, refroidi par le sort de l'autre, sans doute. Il me fixe avec les crocs luisants d'une espèce de substance blanche qu'il excrète par je ne sais quelle glande et qui m'a l'air tout ce qu'il y a d'empoisonné. Et puis il a ces yeux d'escarbilles, si plissés que ça fait une fente lumineuse dans un visage que je crois durci par la haine – mais j'interprète, sûrement, c'est qu'une bête. Il hésite et moi, ma poussée d'adrénaline est totalement retombée, je grelotte comme un camé en manque. Je fais un dernier effort. Je relève encore ma hache bien rouge et je me mets à hurler :

— Alors, tu vois ce que j'en fais, des singes sous-marins ? T'en veux aussi ?

La loutre carnivore géante se balance un peu, droite gauche, comme un cobra qui s'apprête à attaquer. Ou comme un écolier qu'a oublié sa récitation, j'en sais rien.

Et puis brusquement, elle plonge et disparaît.

*　*　*

Les trois soldats n'avaient pas décroché les yeux des écrans de contrôle. Malgré la haute définition, il était dur de bien voir dans l'eau les deux animaux qui avaient pris le gosse en chasse. Impossible même de savoir d'où ils venaient. Soit des tunnels sous-marins s'étaient creusés dans le complexe et reliaient, invisibles, des portions inondées, soit ces bestioles étaient tapies au fond quand les premières brasses du jeune garçon les avaient dérangées. Soit autre chose, quelque chose, n'importe quoi, un truc que la raison ne peut pas expliquer.

Parce que, rivés aux écrans, ils avaient d'abord vu l'adolescent se lancer dans un crawl désespéré qui n'avait aucune chance de le sauver... puis se hisser sur du vide et se mettre à courir sur rien, comme ces lézards qui ne coulent pas quand ils foncent sur un lac. Ils comprenaient que c'était son pouvoir, mais le spectacle du gosse volant au-dessus de la surface les avait paralysés – on a beau vivre et lutter à son rythme, on ne s'habitue jamais à l'impossible.

Et sans rien dire, silencieux devant les moniteurs, ils avaient pris cause pour l'enfant. Pas seulement parce que c'était le seul combattant qu'il leur restait contre Faon. Parce qu'il était des leurs. C'était la Bête, pourtant, un mutant lui aussi, le frère de celle qui détruisait le monde en l'immergeant dans un cauchemar permanent. Mais c'était un gosse humain et, instinctivement, ils voulaient le voir vaincre les prédateurs qui le chassaient. Pendant quelques secondes, ils oublièrent pourquoi ils étaient là. Ils ne respiraient que pour Axe. Quand le gamin tua la première loutre, le pilote poussa une exclamation inarticulée, une espèce d'encouragement martial. Quand il fit fuir la deuxième, les trois adultes lancèrent ensemble leur cri de victoire.

Sur l'écran, après quelques secondes un peu tremblantes, le jeune garçon tomba à genoux, épuisé. Machinalement, il chercha à essuyer le sang sur son visage et ne parvint qu'à l'étaler. Il n'avait pas lâché sa hache : quand il se rendit compte qu'il la tenait toujours en main, il la jeta dans l'eau d'un geste écœuré.

— Qu'est-ce qui lui prend ? demanda le pilote.

— Donnez-lui deux minutes, fit Lucas ; ce qu'il vit est dur. Ce serait dur pour n'importe lequel d'entre nous et il a quinze ans. Il va se relever.

— Et après ?

— Il vient de rejoindre le dernier corridor.

— Le dernier corridor avant quoi ?

— Avant sa sœur.

* * *

De nouveau, Faon me fiche la paix. Je suis pas au top pourtant, effondré sur les marches, balafré de giclures de sang, toute ma surexcitation tombée, les jambes flageolantes et tout le buste tremblant. Elle pourrait méchamment me frapper, là, et je pourrais pas plus me défendre qu'une fourmi sur la trajectoire d'un camion-citerne. Alors quoi, qu'est-ce qu'elle attend ? C'est le reste du monde qui l'occupe, une fois encore ? Ses forces sont tellement dispersées sur toute la planète qu'elle en a plus assez pour m'ouvrir comme une noix ? Ben moi, je crois plus à cette explication. Elle suffit pas, en tout cas. Je pense pas qu'elle joue avec son petit frère, non plus, Faon. Je sais pas ce qu'elle est devenue, mais même sa démence n'a pu se construire que sur son fichu caractère de base, et la cruauté du matou qui fait mumuse avec le souriceau, ça a jamais été le genre.

Un moment, je me suis demandé si elle expérimentait pas des trucs sur moi. Après tout, on a été à bonne école, elle et moi, toute notre vie on n'a été que des cobayes. Ça lui a peut-être donné des idées. Puisqu'elle a un intrus sous la main, pourquoi pas étudier comment il se débrouille contre différents types d'attaques mentales et puis contre tout le bestiaire des singes-loutres ? Après tout, avec la supériorité qu'elle a, elle peut me microscoper aussi longtemps qu'elle veut et puis, dès qu'elle en aura marre, m'annihiler d'une seule décharge psychique.

Mais non, je ne crois pas. Y a rien de cohérent dans ce que je subis depuis que l'hélico m'a posé sur le toit et, s'il y a un truc que mes années comme rat de laboratoire m'ont appris, c'est que les chercheurs sont toujours très ordonnés dans leurs expériences, même quand ils ont pas la moindre idée de ce qu'ils font. Là, sérieux, on en est loin, c'est la fête de la sucette, les réactions de Faon. Le plus vraisemblable, c'est qu'il n'y a aucune raison dans tout ça. La dernière fois que je l'ai vue, elle était déjà bien partie. Vu ce qui s'est passé pendant que j'étais au Frigo, ça n'a pas dû s'arranger. Elle est barrée, c'est tout, totalement frappée. Elle réagit à l'instinct pur, comme les singes de plongée et les matous à dents de sabre. En beaucoup plus intelligente, mais en pas plus rationnelle.

Je me redresse péniblement. La vérité, c'est que j'en sais rien. Ni ce qu'elle est, ni ce qu'elle fait, ni ce qu'elle a dans le ciboulot. Et ça n'a aucune importance. Je suis là pour arrêter tout ça. T'as qu'à croire, évidemment, mais que j'en sois capable ou pas, c'est pas la question. Et qu'elle soit dévissée dans sa tête ou qu'elle ait atteint une intelligence intergalactique qu'on peut plus comprendre, comme les gros lourds à crâne d'œuf dans les nanars de SF, c'est pas la question non plus. Faut que j'y aille et c'est tout.

Je m'engage dans le dernier corridor. Cinq mètres et le sas magnétique. Salut, sœurette, j'arrive.

*　*　*

Les trois soldats supportaient mal leur impuissance. Ils avaient les yeux rivés aux écrans et bouillaient. Le gosse s'était relevé, avait franchi le dernier couloir et tâtonnait devant la double porte magnétique – même l'aider à ouvrir un sas, ils en étaient incapables. Il n'y avait pas de commandes à distance, dans leur rotonde de surveillance, pas de moyens de communication. Dans quelques secondes, Axe allait passer l'ultime obstacle, entrer dans la salle d'où Faon détruisait le monde et, dans le meilleur des cas, si les activations automatiques des lumières et des caméras fonctionnaient encore, les trois hommes en seraient réduits à observer la confrontation finale sans pouvoir rien faire que des zooms. Ils en avaient les mâchoires serrées à se faire mal.

Le jeune garçon trouva enfin le mécanisme de déverrouillage du sas. Les quatre battants s'ouvrirent deux par deux et la grande salle d'expérimentation s'illumina devant lui. Les caméras s'enclenchèrent immédiatement et le laboratoire géant apparut pour les soldats sur le moniteur central – le seul qui était éteint jusque-là.

— Mais… Qu'est-ce que… c'est que ça ? demanda le co-pilote sans avoir l'air de se rendre compte qu'il parlait.

La vue était hallucinante.

Faon était toujours au centre de la pièce envahi par les troncs et les lianes, ligotée à son fauteuil par les lanières de cuir. Mais pas seulement par les lanières : de chacun de ses membres, de ses flancs et de son estomac, de sa tempe, de tout son corps des tuyaux souples couleur bronze la reliaient à des machines clignotantes qui l'encerclaient sur plusieurs rangs de profondeur.

Aucun des deux pilotes n'avait jamais aperçu d'appareils de ce genre, mais le lieutenant avait lu les archives et il comprit d'un coup, comme s'il lui suffisait de voir pour que se cristallisent des informations éparses, des bribes de schémas, des études parcellaires qu'il n'avait pas saisies sur le moment et qu'il avait rangées sans y penser au fond de sa mémoire. Brusquement, tout prenait un sens.

Faon avait été greffée à un complexe biomécanique.

On l'avait insérée dans un ensemble d'ordinateurs, de générateurs, de pompes et de catalyseurs à la fois électronique, végétal et animal qui n'avait pour but que de stimuler sa puissance. Cette fois, les électrodes et les câbles n'avaient pas été apposés pour emmagasiner des données et surveiller des temps de latence, mais pour insuffler à la mutante les protections physiques dont elle avait besoin pour pousser sans restriction l'utilisation de son pouvoir. Des paratonnerres. Au naturel, Faon ne pouvait pas dépasser un seuil spécifique de projection mentale sans être consumée. Les chercheurs l'avaient reliée à leur monstrueuse machine pour alimenter sans fin son énergie et aspirer ce que son corps ne pouvait pas contenir, dans un mouvement permanent de systole et de diastole colossal qui transformait la jeune fille en pile à accroissement illimitée.

Et ils avaient réussi. Ils avaient réussi au-delà de toute espérance. Continuellement stimulée par un afflux d'énergie qui démultipliait son pouvoir propre, amputée chaque nanoseconde des scories incandescentes qui menaçaient de l'annihiler, Faon était devenue le cœur et les confins, le centre et la circonférence du dispositif indissociablement biologique, mécanique et électronique. Sa puissance avait explosé à la vitesse d'une étoile qui se diffracte en supernova. Activer la machine à laquelle elle était reliée avait instantanément mis en route un phénomène incontrôlable d'extension permanente.

C'est ce qui expliquait l'état du laboratoire. Et, au-delà, l'état du complexe. L'augmentation exponentielle du pouvoir de Faon réclamait sans cesse plus d'énergie, devait capter toujours plus loin des ressources toujours plus grandes. Les appareils auxquels elle était greffée étaient incapables de soutenir longtemps un tel étirement des échanges thermodynamiques. Leur partie organique avait répondu en mutant. L'extension folle d'un biotope géant distordu par des évolutions accélérées, des transformations instantanées, des bouleversements biologiques de masse produisait de l'énergie, en siphonnait partout. Le complexe tout entier servait d'alimentation au développement du pouvoir de Faon. Au-delà, l'immense forêt commençait à jouer le même rôle – et un jour le monde entier, avant la déflagration finale. La désintégration de la planète.

— Les salauds… murmura Lucas.

Les deux pilotes n'avaient pas ses informations et ne comprenaient pas. Mais, du coin de l'œil, le lieutenant les vit hocher machinalement la tête. Parce qu'ils saisissaient au moins une chose : la jeune fille était une victime, elle aussi. D'un bloc, leur haine, leur ressentiment, leur désir de vengeance et de destruction devant l'ennemi responsable de la fin du monde s'étaient transformés en une pitié horrifiée.

Mais ça ne changeait rien à la situation.

Dans la grande salle d'expérimentation colonisée par la jungle, face au corps incorporé par les câbles aux arbres et aux machines, entouré par les appareillages boursouflés et dilatés par les mutations, pieds nus sur la mousse brune, Axe regardait sa sœur.

*   *   *

Au fond de moi, je devais me douter d'un machin de ce genre. Pas aussi tordu : j'ai beau fréquenter qu'eux depuis la maternelle, j'aurais jamais pu inventer un truc aussi barré, aussi répugnant. Mais bon, je soupçonnais une saloperie dans ce goût-là. C'est comme ça qu'ils ont réussi à donner à Faon un tel pouvoir sans qu'elle en crève. Ils lui ont offert les moyens d'aspirer toute l'énergie du monde, tout simplement. Vous êtes vraiment des génies, les gars, bravo ! Je vous revois parader dans les couloirs avec vos cafés et vos slogans : « mettre de la morale dans la recherche, c'est de l'obscurantisme », « le principe de précaution, c'est l'Inquisition », « c'est la technologie qui sauvera le monde ». Chapeau ! Je voterai pour vous quand je serai juré Nobel.

Bon, ça va, mon gars, ferme-la. Je sais, je sais, c'est fou les idées débiles qui vous traversent la tête dans des cas comme ça et bla-bla-bla, mais j'ai pas le temps pour les éditoriaux ou les rêveries. Faon n'a pas encore réagi à mon entrée dans son QG électronico-végétal. Mais maintenant que je suis à portée, je ressens dans ma poitrine ses pulsations de base, les plus profondes, les plus intimes, celles qui vibrent à toute vitesse comme le cœur d'un oiseau-mouche. Et elles montent en puissance comme une centrale nucléaire qui va péter. Si je veux tenter un truc, c'est tout de suite, dans la nanoseconde. Parce qu'après ce sera fini pour ma pomme.

Je me raidis sur mes jambes comme un coureur qui s'élance.

Et je m'écroule. Terrassé par une déflagration de douleur insoutenable.

C'est rien qu'on peut décrire. Mes membres sont en feu, j'ai l'impression que de la lave détruit mes veines et carbonise mes organes, que ma peau se desquame et tombe calcinée en copeaux durs autour de moi. Je crépite comme de l'huile qui bout et ma chair cloque sans fin, se reconstitue pour fondre une nouvelle fois. J'explose en continu. L'enchaînement forcené des souffrances est si frénétique que je n'ai même pas le temps de comprendre ce que je ressens. Je me sens écartelé, broyé, disloqué, comprimé. J'ai la sensation qu'on m'arrache les membres ; l'instant d'après, bien collés à mon corps, ils s'enflamment et incendient le buste. Je suis comme un écorché qu'on sale et en même temps ma peau me suffoque, épaisse et dure comme du béton. J'agonise mille fois par minute, la douleur grandit chaque seconde et je ne meurs pas, je ne meurs jamais.

Oh, Faon ! Faon ! Faon !

* * *

Rien ne bougeait à l'écran. Ni la mutante sur son lit à demi végétal, ni les branches monstrueuses des arbres altérés, ni les câbles organiques brusquement gorgés d'un surcroît d'énergie aussi physique qu'immatérielle. Rien. Sauf Axe. Au sol, recroquevillé en hérisson, les bras crispés autour des genoux – et puis soudain en extension de tous ses membres, la bouche ouverte pour hurler à pleine trachée comme si on l'électrocutait. Des spasmes le mettaient à genoux, une nouvelle onde de douleur le rejetait à terre. Il n'avait plus vraiment le contrôle, mais il tentait inconsciemment de se rouler encore en boule, comme pour se protéger d'un déluge de coups, comme si cette posture de gosse effrayé sous ses couvertures pouvait alléger la souffrance. Il l'ignorait sûrement, mais les larmes coulaient sur son visage taché de sang à peine sec, des sanglots de douleur pure.

Lucas détourna les yeux. Il n'était pas plus sensible qu'un autre et les années de guerre l'avaient endurci. Mais il ne supportait plus de voir le corps du gamin tétanisé et surexcité par son supplice.

Son regard tomba par hasard sur un des écrans de données. Celui dont il avait recalibré les paramètres un peu plus tôt. Celui de Faon.

Il fronça les sourcils d'incompréhension, d'incrédulité.

— Ce n'est pas possible ! lança-t-il malgré lui. Ça n'a pas de sens !

* * *

Oh, Faon ! Faon ! Faon !

Loin. Ailleurs. J'entends. Tout près et loin... Comme ici et pas ici. Qu'est-ce que ça veut dire, « ici » ? Qu'est-ce que ça veut dire, « je » ? Moi. Ça veut dire moi.

Oh, Faon ! Faon ! Faon !

Moi, Faon. Non, dis-le bien : « c'est moi, Faon ». Au milieu et tout autour. Partout et ici. Non, c'est faux, ce n'est pas vrai, pas partout, ici. Ici seulement... Ailleurs, pas moi. Ailleurs, c'est du moi éclaté et volé qui s'arrache et qui part.

Oh, Faon ! Faon ! Faon !

Quelqu'un m'appelle. Ici aussi, celui qui crie, pas ailleurs. Pas partout. Ici. Pour l'entendre, je dois cesser de m'éclater. Je dois empêcher ce qui me vole et m'arrache et me fait partir. Je dois me rassembler. Ne plus avoir de bribes autre part mais moi en un seul lieu. Je dois me recomposer. Je veux savoir qui appelle...

Une voix dans ma tête zigzague. Approche puis s'en va comme un souvenir qui surgit presque et repart sans qu'on se soit rappelé. *Souvenir...* Je me souviens de « souvenir ». Ça veut dire une image d'avant. Une image vraie. Pas illusion. D'avant. Avant la dilatation sans fin et l'éclatement de moi. C'est bien. Ce « souvenir », cette voix, c'est bien. Je crois. Je suis sûre. Je ne sais pas pourquoi. Je veux savoir pourquoi c'est bien.

Oh, Faon ! Faon ! Faon !

Je. Moi, le je qui est moi et qui se rassemble dans un seul corps pour ne plus se fragmenter et cesser de ne rien sentir et rien voir et rien comprendre. Moi, je sais pourquoi je veux savoir qui m'appelle. Parce que la voix, le souvenir, ils sont chauds. Tendres. Ce sont d'autres mots que j'avais oubliés, d'autres idées qui avaient disparu. *Tendre.* Même « mot », c'est un mot que j'avais oublié. Je ne savais plus rien. Rien. Que la colère, ce hurlement de rage qui était tout moi, rien que moi. La colère qui me disloquait et me propageait partout au lieu de me laisser rester dans moi. Je ne veux plus. Je veux la voix. Je veux le souvenir.

Oh, Faon ! Faon ! Faon !

M'arracher à tout et au lointain est dur, au début. Mais chaque pas pour me recomposer accélère la recomposition. Je sens moi qui revient de plus en plus vite, j'ai la sensation d'être mille moi qui foncent dans les airs, se rejoignent, se fondent, accélèrent à chaque fois qu'ils se mélangent et reviennent tous ici fusionner dans le seul moi qui est moi, ici, et pas partout.

Les idées me reviennent au fur et à mesure que je me ré-assemble. Je ne savais plus rien et je sais de plus en plus. Tout s'éclaircit dans ma tête comme un appareil photo qui fait le point et rend nets les contours flous.

Axe !

La voix et le souvenir aussi ont fusionné. Eux aussi sont redevenus un, ensemble, ici, maintenant, dans cette pièce avec moi.

Le souvenir et la voix, le deuxième « un » unique, c'est Axe. Axe ! Je sais qui tu es, mon frère. Et tu es là, dans cette salle où mon organisme achève de se condenser. Tu souffres. Tu éprouves jusqu'au plus profond de tes plus profonds atomes une douleur qui te tue sans fin, une ordalie surnaturelle qui te régénère en permanence pour pouvoir continuer à te torturer, pour te tuer de nouveau, encore et toujours. Je ne peux pas le tolérer davantage, tout mon corps brûle de voir ton corps brûler. Axe ! Je suis l'épée et le bouclier, mon frère, je suis la Guerrière qui défend et qui protège.

Oh, Axe ! Axe ! Axe !

* * *

— Qu'est-ce qu'il y a, mon lieutenant ?

Ce qui se passait dans le laboratoire était si brutal que la stupeur avait paralysé les deux pilotes devant le mur d'écrans. Mais l'exclamation de Lucas venait de les arracher au spectacle cauchemardesque. Lentement, l'officier désigna du doigt le moniteur de Faon.

— Les données de la mutante… Quand le gosse s'est ef-fondré…

— Eh bien ?

— Elles étaient stables… Stables !

Les pilotes se jetèrent un coup d'œil d'incompréhension.

— Et alors, qu'est-ce que ça veut dire ?

— Enfin, c'est évident ! Pour plonger Axe dans un tel creuset de douleurs, il faut une puissance mentale prodigieuse, une décharge psychique stupéfiante ! Elle aurait dû apparaître dans les courbes ! L'écran aurait dû afficher un pic d'énergie ! Et rien. Rien du tout ! Vous comprenez ce que ça signifie ?

L'excitation de l'officier était encore montée d'un cran. Les deux pilotes se jetèrent un nouveau coup d'œil.

— Non, mon lieutenant. Ça veut dire quoi ?

— Que Faon, la mutante… Ce n'est pas elle qui torture le gamin !

— Mais… Qui, alors ?

— Lui ! C'est lui ! C'est *son* énergie ! Ses souffrances, c'est lui qui est en train de se les infliger !

— Mais il est complètement barré ! Pour quoi faire ?

Lucas se tourna vers les pilotes. Une exaltation extraordinaire animait ses traits.

— Vous ne comprenez pas ? Pour réveiller sa sœur !

* * *

Je me suis reconstituée. Je sens mon corps, composé d'un et d'un seul, rassemblé dans l'organisme qui a toujours abrité mon seul moi. Je sens quelque chose que je n'avais plus éprouvé depuis longtemps et que j'avais même oublié : il vit. Je perçois les palpitations du muscle central qui pompe mon sang, la réalité de mes membres, mes doigts qui bougent au bout de mes bras, des jambes capables de déplacer mon enveloppe physique. Une microdécharge d'énergie suffit à faire éclater mes liens de cuir. Mes pieds (je ne savais plus leur agilité et leur souplesse) se posent sur le sol et me transmettent le contact irrégulier et doux des mousses.

Les câbles et les tuyaux sont fichés en moi. Les arracher brusquement, comme mes entraves, disloquerait mon corps que je me rappelle fragile. Ce n'est pas grave. Ils sont devenus vivants, eux aussi, au fil du temps. Je me lève et ils viennent avec moi, se dilatant et s'étendant, élastiques, pour me suivre. Ce sont mes premiers pas depuis des années, mais un torrent d'énergie vive a sans cesse traversé mon organisme et mes muscles sont forts, mes membres sont solides.

Je marche sur ce sol étrange de forêt alluviale, escortée par les câbles souples dansant au fil de mes gestes comme des lianes mimétiques. J'approche d'Axe qui hurle toujours, roulé par terre. Je m'agenouille à côté de lui et je prends dans mes bras son buste secoué de spasmes. Il n'a pas changé. Comment ai-je pu l'oub…

*   *   *

Je suis si déglingué par ma propre décharge de souffrance que je perçois à peine ce qui se passe autour de moi. Mais les pulsations de Faon, elles, me parviennent toujours. Elles crèvent ma carapace de douleur comme si c'était qu'une flaque d'eau.

Et je les ai bien senties qui changeaient. Enfin je crois. J'ai peur de me tromper. J'ai tellement mal que mon cerveau pourrait inventer n'importe quoi pour me convaincre d'arrêter. C'est même le plus probable. Je veux dire : que ce soit une illusion. Parce que ce plan débile qui m'est venu quand j'ai compris que je pouvais m'infliger mes propres projections mentales, tout à l'heure, au milieu des castors mutants, ben ce plan débile, ses chances de fonctionner, hein, c'est pas bézef. Seulement, c'est tout ce que j'avais. Lutter esprit contre esprit, affronter la puissance de Faon avec la mienne ? T'as raison. Alors, feinter. Imposer le combat sur un autre terrain, où les règles d'engagement ne sont pas les mêmes. Prendre Faon de vitesse. Me porter moi-même aux confins des souffrances qu'un corps humain peut supporter pour rallumer son empathie, pour réveiller sa conscience. La ramener sur terre. Sur le papier, comme stratégie, c'est cool, ça déchire, même. Mais en vrai, c'est moi qui suis déchiré et je suis même pas sûr que ça ait une chance de marcher.

Pourtant, mon espoir gonfle. Non seulement parce que je sens fluctuer et décroître les ondes de Faon, mais parce que, filtrée par mes yeux brouillés comme par cataracte, je vois la silhouette de ma sœur approcher, s'agenouiller et se pencher sur moi.

J'ai gagné. Je l'ai émue. Je l'ai attendrie. Elle est là, à côté de moi, elle s'est désarmée, elle a baissé toutes ses gardes et elle est plus vulnérable qu'elle l'a jamais été.

Je coupe mon autosuggestion de souffrance. D'un bloc, comme on éteint la lumière avec un interrupteur. La douleur a été trop vive pour que je puisse jamais récupérer. Mais je retrouve assez de force et de lucidité pour lancer la dernière phase de mon plan.

Le coup de grâce.

J'attaque. Je jaillis sans me soucier du hurlement de mes membres incendiés, je referme mes deux bras autour du corps de ma sœur et je verrouille ma prise en me crochant les poignets des deux mains dans son dos. Faon n'a plus aucune protection. Je m'enfonce dans son esprit comme on plonge dans une eau limpide. Pas de résistance. Je fusionne. Je me bloque en elle, je m'incruste, je me déploie. Je tisse mes pensées aux siennes. Je suis autant en elle qu'elle-même. Elle est surprise. Elle ne comprend pas et ne sait pas comment réagir.

Elle est toujours reliée aux batteries biomécaniques mutantes et, comme je suis imbriqué dans son cerveau, je peux me servir d'elle comme relais pour aller taper dans l'énergie de ces machines insanes. C'est en moi que la puissance illimitée se déverse soudain, démultipliant mes capacités au-delà de ce que j'aurais jamais cru possible. Rien ne peut plus m'arrêter. Même pas Faon. Je l'ai coiffée au poteau. Le pouvoir sans fin, c'est moi qui l'ai, maintenant. Elle est à ma merci, tout le monde est à ma merci. Personne ne peut rien y faire.

Mais j'ai pas l'intention de détruire l'univers, moi. C'est pas pour ça que j'avais besoin de l'énergie incalculable de ces saloperies de biomachines. Je m'insinue au plus profond des molécules de Faon et j'aspire tout. Sa mutation, je veux dire. Je lui arrache. Je l'ampute. Je sais pas comment je fais exactement, comment ça fonctionne, je suis pas généticien et puis je m'en fous : je me laisse guider par mon pouvoir, c'est à ça qu'il sert. C'est lui, amplifié par les générateurs distordus, qui décompose, filtre, purifie et recompose instantanément ma sœur dans son corps, ses organes, ses fibres, ses moindres cellules. Pour moi, ça ressemble à un siphonnage, même si en vrai c'est pas ça ; c'est comme ça que je le visualise. Le pouvoir de Faon passe en moi et, comme c'est trop fort pour moi, j'éjecte tout dans les accumulateurs biomécaniques des machines qui nous entourent. Saloperies de générateurs. C'est vous qui avez achevé de faire de ma sœur ce qu'elle est devenue, l'heure est venue de vous racheter et de payer. Vous allez absorber toute sa mutation et vous en crèverez. Vous allez tout vous prendre dans les accumulateurs à travers moi.

À travers moi. C'est en train de me tuer, moi aussi, je sais bien. En transitant par mon esprit, le pouvoir de Faon me désintègre. Je pensais me faire souffrir, tout à l'heure, en me calcinant dans un cratère de lave en fusion que je m'étais fabriqué tout seul comme un grand. Mais je viens de passer un cap. Un nouveau palier de douleur. Ouais, apparemment c'est possible d'avoir encore plus mal. Et je sais que je vais y laisser ma peau. Ça me fait bizarre, évidemment, mais pas autant que j'aurais cru.

Parce que j'ai gagné.

*   *   *

Tout a cessé brusquement. J'en suis certaine alors que je n'ai rien vu, rien entendu, rien senti de spécial. Tout est silencieux dans le laboratoire, en dehors du ronronnement des machines et, au loin, de temps en temps, d'un cri lugubre d'oiseau. Et pourtant tout est fini, j'en ai la conviction. Non seulement Axe a détruit tous mes pouvoirs, mais je suis redevenue moi-même. La Faon d'avant, d'il y a longtemps. C'est une sensation curieuse, celle de me réveiller enfin d'un interminable cauchemar.

Les machines grincent autour de moi, comme un navire que les hautes vagues travaillent. Elles me paraissent dégager une chaleur inhabituelle, si intense qu'elle émet presque une odeur. Je pense qu'elles sont en train de cramer, mais je n'y connais rien. C'est logique, en tout cas : Axe m'a pris toute ma puissance et l'a enfournée de force dans les appareils chaînés. C'est trop pour eux.

C'était trop pour lui, aussi. Je tiens son corps dans mes bras, et je me souviens soudain de son sourire et de ses mèches châtains. Son souffle est si bas qu'il me faut quelques secondes pour comprendre qu'il remue les lèvres. Je me penche pour coller mon oreille à sa bouche.

— Tu vois, Marie ? fait-il aux limites du silence. Je t'avais promis...

*   *   *

— Allons les chercher, dit Lucas.

Épilogue

La cellule était décente : presque une vraie chambre. Avec des barreaux partout pour compléter les caméras et les gardes qui en surveillaient l'accès, mais une chambre tout de même. Le soleil entrait clair par la fenêtre haute, le lit semblait fonctionnel, propre et confortable : il dégageait une odeur pas trop artificielle d'assouplissant printanier. Il y avait des bouquins entassés sur la petite table : apparemment, la jeune femme réclamait de quoi lire. L'officier en fut content. Il avait une certaine influence depuis qu'on lui attribuait la victoire sur la mutante : arc-bouté sur ce prestige usurpé, il avait énergiquement plaidé l'adoucissement de sa détention. On semblait l'avoir écouté.

Faon l'avait regardé entrer sans se lever : elle était assise en tailleur sur le lit, dos au mur, elle lisait un livre mince dont le titre ressortait en noir d'encre sur une illustration en dégradés de gris : *Il avait pour mères la brume et les Neuf Filles*. Le coup d'œil panoramique jeté par son visiteur ne lui avait pas échappé et elle esquissa un ironique sourire :

— Mes appartements vous plaisent ? Je suis sûre qu'ils doivent en avoir d'autres, si ça vous tente. Visiblement, il n'y a que moi dans ce bâtiment. J'ai ma prison à moi toute seule : je suis flattée.

L'homme ne répondit pas, mais ses prunelles trahirent son amusement. Il prit la chaise de la petite table et vint s'asseoir devant Faon.

— Vous permettez ?

— Dans ma position, on n'a rien à permettre. J'ai de jolis murs à mon bagne, mais bon, c'est un bagne. En revanche, je suis désolée, mais je ne me souviens pas de vous… J'ai vu tellement de monde ces dernières semaines, il faut dire. Des militaires, des policiers, des médecins, des psychologues, des geôliers, des hommes, des femmes. Tous pareils : techniques, froids, ne prononçant pas un mot inutile, et surtout pas un mot chaleureux. J'en ai vu des dizaines. Alors je vous confonds tous un peu…

— C'est la première fois que je viens ici, mademoiselle. Je n'en ai pas eu l'occasion plus tôt. Moi aussi, on m'a débriefé sans interruption, ces dernières semaines. Mais plus aimablement que vous, je suppose.

La jeune femme trahit un vague intérêt.

— Débriefé ?

— Je suis le lieutenant Lucas, mademoiselle. C'est moi qui escortais votre frère quand… quand tout ça a pris fin.

— Ah ! Je vois… Toutes mes félicitations, vous devez être un héros. Bâton de Maréchal, médailles à gogo et tout le tintouin.

— Et surtout l'interdiction de raconter quoi que ce soit à qui que ce soit.

— Oui, évidemment. À qui que ce soit. Même à moi ?

— Que voulez-vous que je vous raconte ? Vous en savez beaucoup plus que moi.

Faon approuva de la tête. Elle était agréablement surprise. Elle avait toutes les raisons de se méfier du premier officier qui s'adressait à elle en des termes courtois, chaleureux même. Mais elle avait envie de lui faire confiance. Au-delà de sa politesse, il parlait franchement, sans langue de bois. Il ne semblait pas avoir pour les « autorités » plus de sympathie qu'elle. Et après tout, d'un certain point de vue, c'était lui qui avait libéré Axe, qui lui avait rendu son libre arbitre, lui avait permis de choisir son destin en l'arrachant à sa prison cryogénique.

— Mais ne vous y trompez pas, fit-elle comme si l'officier avait suivi le déroulement de sa pensée ; ça n'est pas vous qui m'avez sortie de là. C'est Axe.

— Je n'ai jamais dit le contraire. C'est même pour ça que je bataille pour vous. Car je bataille pour vous, vous savez ? C'est compliqué. Votre cas est compliqué. Mais je suis psychologue et soldat. Ce sont deux professions très différentes et pourtant, comme psychologue et comme soldat, je refuse que le sacrifice de votre frère soit inutile.

— Il ne l'est pas. Il a sauvé le monde.

— Inutile pour vous, je veux dire. Sa mort ne doit pas compter pour rien.

Une brève lueur de colère enflamma les yeux de Faon.

— Il m'a arrachée à ce pouvoir fou qui tuait tout, qui me tuait aussi, qui avait pris toute la place à l'intérieur de moi. Comment pouvez-vous imaginer une seconde que dans ma tête sa mort compte pour rien ?

— Parce que si vous passez le reste de votre vie entre ces murs, il vous aura seulement conduit d'un cercle de l'enfer à un autre.

La jeune fille se calma et eut une moue pas trop convaincue. Comme si elle avait envie de croire l'officier, mais qu'elle ne le pouvait pas.

— M'avoir arrachée à mon cauchemar vivant, en avoir lavé toute la planète, c'est un triomphe. Le plus grand des triomphes. Alors, tout le reste, ça n'a pas beaucoup d'importance. Même si je dois finir mon existence dans cette prison…

— Vous ne le devez pas, pas forcément en tout cas. C'est pour ça que je suis ici. Pour vous faire une proposition.

Cette fois, le visage de Faon se figea. Lucas comprit sans mal ce mécanisme simple de protection. La jeune fille n'hésitait pas à afficher ses sentiments aussi longtemps qu'on en restait aux banalités. Mais si elle dépassait un certain seuil de surprise, elle se réfugiait dans l'impassibilité.

— Qu'est-ce que vous voulez dire ?

— Qu'ils ont honte. Ils sont coupables, ils le savent. De vous avoir arrachés illégalement à vos parents, Axe et vous, de vous avoir si bien rebaptisés que personne ne connaît plus vos prénoms véritables, de vous avoir enfermés toute votre enfance dans une prison d'expérimentation, loin de la lumière du soleil, loin des autres enfants, loin de tout foyer digne de ce nom. D'avoir multiplié sur vous des expériences comme sur des rats de laboratoire, d'avoir cherché à développer vos pouvoirs au lieu de vous apprendre à vivre avec. C'est parce qu'ils vous avaient greffée de force à des bioturbines colossales que vous avez pu canaliser de telles puissances de projection sans être détruite. Une fois possédée par cette énergie qu'ils avaient voulue, stimulée et déchaînée, vous n'étiez plus vous-même. Vous n'étiez plus que l'amas de pulsions violentes sur lesquelles ils avaient délibérément fait fond pour libérer tout votre « potentiel ». Ils sont les vrais coupables. Eux seuls. Ils le savent. Tout le monde le sait.

— Tout le monde, vraiment ?

Faon tâchait d'ironiser, mais sa voix tremblait très légèrement.

— Pour le public, c'est difficile. Vous comprenez, ça, n'est-ce pas ? Il y a eu beaucoup de morts. La Terre a été ravagée. Nous avons vécu au cœur d'horreurs et d'épouvantes que nous ne pourrons plus jamais oublier. Jamais. Honnêtement, on ne va pas vous lâcher dans la nature, comme ça, comme si de rien n'était, au milieu de populations si traumatisées que seule la prochaine génération, celle qui n'est pas encore née, pourra se bâtir une vie normale.

— Non… Non, je suppose que ça n'est pas possible…

— Mais il ne serait pas juste de vous punir pour un crime dont vous n'avez été que l'outil involontaire. D'autant qu'en servant de catalyseur pour injecter tous vos pouvoirs dans les machines organiques que vous aviez fait croître, votre frère vous a purgée de toute votre puissance. Vous êtes devenue inoffensive. Je les ai convaincus d'en tenir compte et, à ma grande surprise, ça n'a pas été trop difficile.

— Ils vont me présenter des excuses ? ironisa Faon.

— Et vous donner la Légion d'honneur ? Non, il y a peu de chances. Mais ils ne vous condamnent pas non plus à vivre entre quatre murs. C'est ça, ma proposition. On vous a trouvé un îlot façon paradis pour carte postale dans un de nos minuscules archipels du Pacifique. Un tout petit îlot, juste assez pour une maison coloniale, une plage et un bout de forêt. Il y a des cagous, des oiseaux multicolores et des eaux si claires qu'on peut voir le moindre coquillage sur le fond de sable. Vous serez surveillée, bien sûr, mais de loin : ce sera invisible, je vous le promets. Vous recevrez une navette de ravitaillement et de contrôle tous les quinze jours, et ma visite régulièrement. Je sais, ça reste une prison, mais...

— Je prends !

— Ce sera pour quelques années, le temps que ça se tasse, le temps qu'on fasse le point. Vous en sortirez un jour et vous serez toujours jeune. Vous pourrez vous construire...

— Ne vous fatiguez pas, vous m'avez convaincue, je prends ! Vous me promettez que je vais quitter ce pénitencier et voir enfin du soleil et de l'eau. Du silence, sauf les chants d'oiseaux. Pas de labo, pas de test, pas d'adultes en blouse blanche. Je ne veux rien de plus. Rien. Plus tard, peut-être, comme vous dites. Mais même si vous me proposiez de retourner directement me mêler aux vivants, dès aujourd'hui, je refuserais. Moi aussi j'ai besoin de faire le point. Et ça va me prendre pas mal de temps.

Tout ce qu'ils avaient à se dire était dit, au moins pour le moment. Lucas se leva, remit la chaise à sa place. Il s'apprêtait à cogner à la porte pour appeler le garde, mais il s'interrompit. Il se retourna. Faon ne l'avait pas quitté des yeux. Il hésita, sans trop savoir si c'était par respect envers la jeune fille ou par une espèce de honte, de pudeur bizarre. Et il se lança.

— Il y a quand même quelque chose que je ne comprends pas. J'ai lu tous les dossiers vous concernant, votre frère et vous. Enfin, ceux qui nous restaient encore. J'ai étudié tous les documents, dans l'ordre chronologique. J'ai vu ce qui vous séparait, Axe et vous. Et je ne veux pas parler que de la différence de puissance. Je veux parler de vos tempéraments, de vos réactions face aux chercheurs qui vous testaient, de l'éloignement progressif entre vous. Jusqu'à ce qu'il ne reste rien de votre lien, que tout soit brisé entre vous. C'était si net que je n'ai pas été surpris quand nous avons sorti le gosse de son hibernation et qu'il n'a immédiatement été que haine et désir de vengeance envers vous. Ennemis : c'est ce que vous étiez. De l'hostilité, il n'y avait rien d'autre entre vous. Alors… je ne comprends pas. Un moment, il vous a tenue à sa merci, complètement. Il aurait pu décider de vous détruire et de vivre. Mais il a préféré vous épargner, vous purifier de votre pouvoir, vous offrir une vie nouvelle. Pour cela, il fallait qu'il meure, et il a accepté de mourir. Son choix… Non, je ne saisis pas. Il a fait l'exact contraire de ce que promettaient tous les documents, toutes les études, toutes les analyses, sans compter mes propres observations, et Dieu sait que je n'ai pas quitté votre frère des yeux depuis la seconde de son réveil. Je ne comprends pas son sacrifice.

Faon sourit, ironique, mais sans vraie méchanceté : presque indulgente.

— Il ne faut pas vous en vouloir, lieutenant. Vous n'êtes que le dernier d'une longue lignée de gens qui n'ont rien compris à Axe.

Et elle se replongea dans son livre.

Projet Psyché – 3ᵉ année d'exploitation

Sujet féminin (Faon) – Seize ans
Sujet masculin (Axe) – Treize ans

La ronde était passée. Le jeune garçon, les yeux clos, une poignée de mèches émergeant des couvertures, respirant régulièrement, sans bouger, comme en sommeil profond, avait entendu les pas approcher et la porte s'entrouvrir. Il avait cru percevoir par ses paupières fermées un rai de lumière orangé. Puis la patrouille avait refermé sa chambre et repris sa déambulation. Il était tranquille pour deux heures pile : les soldats étaient ponctuels.

Il se redressa, s'assit en tailleur sur son oreiller, le dos contre le mur qu'on s'obstinait à repeindre chaque année avec les mêmes couleurs pimpantes et les mêmes motifs gais, comme s'il avait toujours cinq ans – pourquoi pas des dinosaures roses et des souris jouant du banjo, pendant qu'on y était ?

D'un geste de la tête, il chassa l'idée importune : la décoration de sa chambre n'avait aucune importance, il fallait qu'il se concentre. Sa sœur était enfermée deux niveaux plus bas, dans une aile médicale hautement sécurisée, et il lui fallait éliminer toute distraction pour réussir à l'atteindre. Il inspira longuement, profondément, les mains posées sur les genoux, chassant à chaque expiration toute pensée inutile, s'efforçant de détendre chaque muscle jusqu'à l'ataraxie, d'éliminer la sensation du corps, de ne plus sentir la pesanteur de sa chair mais le seul mouvement de son monde intérieur. Quand il atteignit son apogée de concentration, il projeta son esprit. Sans un battement de paupière, sans une apparence d'effort, sans un mouvement, il se propulsa d'un geste vif, précis, un peu enfantin encore, comme il lançait ses balles de pelote.

Aussitôt, il capta Faon.

Elle dormait, bien sûr. Ce qu'on lui faisait subir l'épuisait et elle passait des nuits entières dans un sommeil profond qui tenait du coma. Mais c'était parfait pour ce que voulait faire Axe. Parce qu'éveillée, Faon n'avait plus grand-chose de sa grande sœur. Il lui avait fallu du temps pour le comprendre, mais il savait aujourd'hui que sa colère grandissait au fur et à mesure qu'on la torturait à coups de tests et d'expériences et que les chercheurs entretenaient sa rage dans ce but. Sa rébellion initiale avait décuplé ses aptitudes et, l'ayant réalisé, les adultes tâchaient de décupler sa révolte. Faon n'était plus qu'un bloc hystérique d'agressivité et de violence. Les rares fois où Axe était encore autorisé à la voir, elle semblait à peine le reconnaître. En tout cas, elle déversait sur lui autant de fureur que sur les autres.

Mais ce n'était pas grave, ce soir, parce qu'elle était endormie. Et le jeune garçon voulait parler avec elle, pas avec son enveloppe charnelle rongée par la colère, électrifiée par ses pouvoirs, torturée par les hommes.

Il avait l'habitude, maintenant. Malgré la distance, il enclenchait cette connexion intérieure sans difficulté. Comme il n'était qu'un gosse, il avait besoin de *visualiser* ce lien pourtant totalement abstrait. Il lui fallait donner une forme compréhensible à cette fusion mentale dont la nature échappait à l'expérience humaine, comme le poète antique transforme en chariot divin un soleil dont il ne saisit pas la course. Comme d'habitude, la rencontre prit l'apparence d'une minuscule salle d'attente dans une gare de campagne, perdue au milieu d'immenses champs de blé. Il faisait un peu froid, car l'aube n'était qu'au bord de se lever, le silence n'était troublé que par les premiers oiseaux de la matinée. La petite pièce était très doucement allumée, comme s'il fallait laisser dormir les passagers. Mais il n'y avait pas de passager, bien sûr, pas de train. Il n'y avait que lui sur les vieux bancs de bois vert, un peu écaillés. Lui et Faon.

La vraie Faon. Sa sœur. Celle qui somnolait tout au fond, celle que les expériences médicales n'avaient pas transformée en bête féroce comme cette chose avec laquelle les savants travaillaient et qui n'était pas elle – pas plus qu'une peau n'est une âme. Elle semblait détendue et calme, elle jetait parfois un coup d'œil par la fenêtre, comme si elle attendait avec impatience les premières lueurs de l'aurore, puis elle souriait à son frère.

— Merci de revenir chaque nuit, Bastien.

— Y a pas de quoi, j'en ai envie aussi. Ils nous laissent plus jamais passer du temps ensemble. Et même quand on peut...

— Oui, je sais. Ce n'est pas beau à voir, hein ? Je suppose en tout cas... Je ne m'en rends pas bien compte. Je sais de moins en moins à quoi je ressemble, dans le monde réel.

— T'en fais pas pour ça, Marie, ça n'a pas d'importance. Ce qui compte, c'est que tu es toujours là, là-dessous, tout au fond de toi.

— Mais toi, Bastien, ça va ? Ils ne te font rien, au moins ?

— Non, rassure-toi, les petits tests habituels, la routine, rien qui fasse mal. Rien qui ressemble aux horreurs qu'ils t'infligent.

Le jeune garçon haussa doucement les épaules.

— C'est parce qu'ils ne comprennent rien du tout. Ah, ils se prennent très au sérieux, tous ces docteurs, avec leurs diplômes et leurs blouses blanches, mais ils sont pas bien malins. Ils croient toujours que nous avons le même pouvoir, tous les deux. Alors ils en concluent que tu es beaucoup plus forte que moi, du coup je ne les intéresse pas du tout.

— C'est bien ! fit Faon d'un ton énergique. Et il faut que ça continue comme ça. Tant qu'ils s'imagineront que tu es comme moi, mais en plus faible, ils te ficheront la paix. Et je ne veux pas qu'ils te transforment en machine humaine, comme moi, pleine de tempête et de lave.

— Je continuerai à les tromper, Marie, je te promets. Il n'y a que comme ça que je garde une chance de te tirer un jour de là, de toute façon. Je te tirerai de là, tu sais ? Je te le jure !

Faon sourit, comme elle ne pouvait plus sourire dans le monde réel.

— Je sais, Bastien. Ils sont très bêtes. De nous deux, c'est toi le plus puissant.

— Mais non, c'est pas ce que je voul...

— Si, petit frère, bien sûr que si, c'est toi le plus puissant. Moi, je ne suis que la Guerrière. C'est comme ça, c'est mon pouvoir. Ah, évidemment, il est beaucoup plus spectaculaire que le tien…

— Et c'est grâce à lui que tu m'as protégé toutes ces années ! Parce que tu es toute la Guerrière, pas seulement l'épée, mais aussi le bouclier, celle qui combat et celle qui défend !

— Peut-être. J'espère.

— Moi je suis sûr. Alors tu vois ! C'est beaucoup plus fort d'être une Guerrière, comme toi, plutôt qu'un Guérisseur, comme moi !

— Non, Bastien. Parce que ça ne sert à rien de se battre dans une guerre éternelle, dans une guerre qui n'aura jamais de fin. Et il n'y a que si nous sommes un jour purifiés de nos pouvoirs que le combat cessera. Sans ça, quoi qu'il advienne, les hommes continueront à… Tant que nous ne serons pas normaux, débarrassés de ces capacités monstrueuses, ils ne nous lâcheront pas. Pendant longtemps, j'ai pensé que je pouvais prendre sur moi, attirer leurs coups, les obliger à t'épargner jusqu'à ce que tes dons de guérison grandissent assez pour nous libérer…

— Et c'est pour ça que je me débrouillerai pour devenir assez fort ! Je nous sauverai !

— Oui, Bastien, je sais que tu es brave et que tu n'abandonnes pas. Mais… Je suis fatiguée, tu sais, je suis tellement fatiguée…

— Résiste encore ! Tiens bon ! Il ne me manque qu'une occasion, c'est tout ! Pour l'instant je ne peux pas utiliser mon pouvoir, mon vrai pouvoir, ça leur mettrait la puce à l'oreille sans sauver personne. J'ai besoin d'un gros catalyseur pour détruire d'un coup toutes les mutations qui sont à l'intérieur de nous, et je ne l'ai pas encore trouvé. Je ne sais pas encore comment faire. Mais je trouverai, Marie, je te promets ! Je te promets !

La jeune fille sourit de nouveau, toujours calme (c'était si paisible, ici, loin des hommes), mais un peu mélancolique à présent.

— Je sais que tu cherches. Mais je suis si fatiguée… Je n'arrive plus à croire qu'on va s'en sortir…

Un air désolé brunit les traits du garçon. Il n'aimait pas voir sa sœur comme ça. Il chercha désespérément quelque chose à dire pour la consoler, pour lui rendre espoir. Il se sentait si bête, si inutile. Mais il avait une foi inébranlable de Guérisseur et ça, au moins, il pouvait le partager avec Faon. Ses yeux pétillèrent et il s'exclama :

— À chaque fois que j'entre dans ton esprit, c'est ici qu'on se voie, dans cette salle d'attente au milieu de la campagne. Tu sais pourquoi ? Parce qu'on attend, justement. On attend quelque chose qui va se passer, qui doit se passer. Qui se passera forcément ! Un jour on sera libres, tu verras !

— Je suis content que tu le croies toujours, Bastien. Moi… j'ai perdu espoir. Je crois qu'on restera toujours dans cette gare minuscule, au bord de l'aube mais sans jamais voir l'aube, dans la nuit jusqu'à la fin des temps.

Bastien bondit de sa chaise.

— Oh non, Marie ! Tu te trompes ! Regarde…

Il se dressa face à la vitre, écarta les bras comme un chef d'orchestre avant la première mesure.

Et il fit lever le soleil.

Jean Bury

Auteur

Jean Bury naît à Phnom-Penh où son père enseigne la philosophie à l'Académie royale khmère. Il vadrouille toute son enfance du Pacifique, où il taille le jaspe et la serpentine dans un atelier de lapidaire, à la Méditerranée, où il porte le bachi des scouts marins. À quatorze ans, il entre au Lycée Militaire de Saint-Cyr. Il y pratique assez de natation et de course d'endurance pour une vie entière, entre une version latine, un prélude de Ravel et un devoir de physique (à cette heure toujours inachevé).

N'ayant pas trouvé l'illumination dans ses études de droit, il abandonne sa thèse pour devenir traducteur de jeux vidéo. C'est sans doute ce qui le conduit finalement à écrire de la science-fiction et du fantastique. Il publie du cyberpunk (*Terre Zéro*), des « pulps » dans l'esprit des *Outer Limits* de son enfance (*Les dieux sans visage* ; *Aniki*), du steampunk (*Sauvetage*), des livres pour jeunes adolescents (*Le roi de la colline*).

Ces nuits-ci, pendant ses insomnies, il travaille simultanément sur plusieurs romans de science-fiction qui traitent de décadence par la technologie, d'enfants soldats, d'ordinateurs fous, de John Coltrane, de terraformations ratées,

de fifres mutants, d'hyperconnexion, de résistance au trans-
humanisme et au libéralisme, de guerres transcontinentales
et de villes franches luttant pour leur indépendance.

En attendant leur publication, Jean Bury vous rend le
contrôle des verticales et des horizontales.

Bonjour chez vous !

Table des matières

1...1

Projet Psyché – 2e année d'observation.............................19

2...25

Projet Psyché – 1re année de conditionnement..............37

3...43

Projet Psyché – 4364e jour. Arrêt d'urgence des
expériences...51

4...59

Épilogue...103

Projet Psyché – 3e année d'exploitation.........................111

Jean Bury...119

Dépôt légal : septembre 2016
ISBN : 978-2-37227-036-6

Printed by CreateSpace, An Amazon.com Company